Sir Arthur Conan Doyle

AS MELHORES HISTÓRIAS DE SHERLOCK HOLMES

Tradução de Luciane Aquino, Marcelo Träsel, Alessandro Zir *e* Jorge Ritter

www.lpm.com.br

L&PM POCKET

Coleção **L&PM** POCKET, vol. 529

Texto de acordo com a nova ortografia.

Primeira edição na Coleção **L&PM** POCKET: setembro de 2006
Esta reimpressão: fevereiro de 2021

Tradução: *Um escândalo na Boêmia* e *A Liga dos Cabeça-Vermelha*, Luciane Aquino; *A faixa malhada*, Marcelo Träsel; *O problema final*, Alessandro Zir; *A casa vazia*, Jorge Ritter
Capa: Ivan Pinheiro Machado. *Ilustração*: Marco Cena
Revisão: Jó Saldanha, Renato Deitos, Larissa Roso, Bianca Pasqualini e Eva Mothci

ISBN 978-85-254-1585-1

D754a

Doyle, Arthur Conan, *Sir*, 1859-1930
As melhores histórias de Sherlock Holmes / Arthur Conan Doyle; tradução de Luciane Aquino... /et. al./ – Porto Alegre: L&PM, 2021.
144 p. ; 18 cm – (Coleção L&PM POCKET; v. 529)

1. Literatura inglesa-contos policiais. I. Título. II. Série.

CDU 821-111-312.4

Catalogação elaborada por Izabel A. Merlo, CRB 10/329.

Rua Comendador Coruja, 314, loja 9 – Floresta – 90.220-180
Porto Alegre – RS – Brasil / Fone: 51.3225.5777

Pedidos & Depto. Comercial: vendas@lpm.com.br
Fale conosco: info@lpm.com.br
www.lpm.com.br

Impresso no Brasil
Verão de 2021

Sir Arthur Conan Doyle
(1859-1930)

Sir Arthur Conan Doyle nasceu em Edimburgo, na Escócia, em 1859. Formou-se em Medicina pela Universidade de Edimburgo em 1885, quando montou um consultório e começou a escrever histórias de detetive. *Um estudo em vermelho*, publicado em 1887 pela revista *Beeton's Christmas Annual*, introduziu ao público aqueles que se tornariam os mais conhecidos personagens de histórias de detetive da literatura universal: Sherlock Holmes e dr. Watson. Com eles, Conan Doyle imortalizou o método de dedução utilizado nas investigações e o ambiente da Inglaterra vitoriana. Seguiram-se outros três romances com os personagens, além de inúmeras histórias, publicadas nas revistas *Strand*, *Collier's* e *Liberty* e posteriormente reunidas em cinco livros. Outros trabalhos de Conan Doyle foram frequentemente obscurecidos por sua criação mais famosa, e, em dezembro de 1893, ele matou Holmes (junto com o vilão professor Moriarty), tendo a Áustria como cenário, no conto "O problema final" (*Memórias de Sherlock Holmes*). Holmes ressuscitou no romance *O cão dos Baskerville*, publicado entre 1902 e 1903, e no conto "A casa vazia" (*A ciclista solitária*), de 1903, quando Conan Doyle sucumbiu à pressão do público e revelou que o detetive conseguira burlar a morte. Conan Doyle foi nomeado cavaleiro em 1902 pelo apoio à política britânica na guerra da África do Sul. Morreu em 1930.

Obras do autor na Coleção **L&PM** POCKET

Aventuras inéditas de Sherlock Holmes
A ciclista solitária e outras histórias
Um escândalo na Boêmia e outras histórias
O cão dos Baskerville
Dr. Negro e outras histórias de terror
Um estudo em vermelho
A juba do leão e outras histórias
Memórias de Sherlock Holmes
A nova catacumba e outras histórias
Os seis bustos de Napoleão e outras histórias
O signo dos quatro
O solteirão nobre e outras histórias
O último adeus de Sherlock Holmes
O Vale do Terror
O vampiro de Sussex e outras histórias

Sumário

A faixa malhada

Dando uma olhada em minhas anotações sobre os setenta estranhos casos através dos quais estudei os métodos de meu amigo Sherlock Holmes nos últimos oito anos, há muitos que são trágicos, alguns cômicos, um grande número meramente esquisito, mas nenhum banal; pois, trabalhando mais pelo amor à sua arte do que pela aquisição de riqueza, ele recusava participar de qualquer investigação que não tendesse ao incomum e mesmo ao fantástico. De todos esses casos variados, entretanto, não posso lembrar de nenhum que tenha apresentado feições mais singulares do que aquele ligado a uma conhecida família de Surrey, os Roylotts de Stoke Moran. Os eventos em questão ocorreram nos primeiros dias de minha parceria com Holmes, quando dividíamos a casa em Baker Street. É possível que eu tenha escrito tudo antes, mas uma promessa de segredo foi feita na época, da qual fui libertado somente no mês passado pela morte prematura da senhora a quem o favor foi prestado. Pode ser uma boa oportunidade para trazer os fatos à luz, pois há rumores correntes sobre a morte do dr. Grimesby Roylott que podem tornar o caso ainda mais terrível do que a verdade.

Foi no início de abril, no ano de 1883, que acordei certa manhã e encontrei Sherlock Holmes parado, totalmente vestido, ao lado de minha cama. Em regra, ele não acordava cedo, e como o relógio na prateleira mostrasse que eram apenas sete e quinze, pisquei com alguma surpresa, e possivelmente um pouco de ressentimento, pois eu mesmo mantinha hábitos regulares.

– Sinto muito por tirá-lo da cama, Watson – disse ele –, mas é a sorte geral nesta manhã. A senhora Hudson foi tirada da cama, fez o mesmo a mim e eu a você.

– O que há, então? Um incêndio?

– Não, um cliente. Parece-me que uma jovem senhora chegou em considerável estado de excitação, insistindo em me ver. Ela está esperando na sala de estar. Ora, quando jovens senhoras vagam pela metrópole a esta hora da manhã e tiram pessoas sonolentas de suas camas, presumo que o que tenham a comunicar seja muito importante. Se for um caso interessante, estou certo de que você gostaria de acompanhá-lo do início. Achei que devia acordá-lo, em todo caso, e dar-lhe esta chance.

– Meu caro amigo, eu não o perderia por nada.

Eu não tinha prazer maior do que acompanhar Holmes em suas investigações profissionais e admirar as rápidas deduções, tão imediatas quanto intuições, porém sempre fundamentadas em uma base lógica, com as quais ele desemaranhava os problemas que surgiam. Rapidamente entrei em minhas roupas e estava pronto em poucos minutos para seguir meu amigo até a sala de estar. Uma senhora vestida de preto e coberta com um véu espesso, perto da janela, levantou-se quando entramos.

– Bom dia, madame – disse Holmes animadamente. – Meu nome é Sherlock Holmes. Este é meu amigo íntimo e companheiro, dr. Watson, com quem pode falar tão livremente quanto comigo. Ah! Fico feliz em ver que a sra. Hudson teve o bom senso de acender o fogo. Por obséquio, ponha-se mais perto dele e pedirei uma xícara de café, pois vejo que está tremendo.

– Não é o frio que me faz tremer – disse a mulher em voz baixa, mudando de lugar como solicitado.

– O que é então?

– É medo, sr. Holmes. É terror.

Ela levantou o véu enquanto falava e pudemos verificar que estava de fato em um deplorável estado nervoso, o rosto descorado, os olhos irrequietos e amedrontados como os de um animal sendo caçado. Suas feições e seu corpo eram os de uma mulher de trinta anos, mas tinha alguns cabelos grisalhos prematuros e uma expressão cansada. Sherlock Holmes examinou-a com um de seus olhares compreensivos.

– Não tenha medo – disse ele calmamente, inclinando-se e pousando a mão no antebraço dela. – Em breve resolveremos tudo, não tenho dúvidas. Vejo que chegou de trem esta manhã.

– O senhor me conhece, então?

– Não, mas percebo a metade de uma passagem de ida e volta na palma de sua mão esquerda. Deve ter saído cedo, e todavia viajou bastante de charrete, em estradas ruins, antes de chegar à estação.

A senhora ficou chocada e olhou com surpresa para meu companheiro.

– Não há mistério, minha cara madame – disse ele, sorrindo. – A manga esquerda de seu casaco está salpicada de lama em não menos de sete lugares. As marcas são bem frescas. Não há outro veículo, exceto uma charrete, que espalhe lama dessa maneira, e mesmo assim somente se sentar-se à esquerda do cocheiro.

– Quaisquer que sejam suas razões, o senhor está totalmente correto – disse ela. – Saí de casa antes das seis, cheguei a Leatherhead às seis e vinte e vim no primeiro trem para a estação Waterloo. Senhor, não posso mais suportar a tensão, ficarei louca se continuar. Não tenho a quem apelar – ninguém, exceto uma pessoa que se importa comigo, e ele, o pobre coitado, é de pouca ajuda. Ouvi falar de si, sr. Holmes, pela sra. Farintosh, a quem ajudou na hora da mais dolorosa necessidade. Ela me deu seu endereço. Oh, o senhor acha que poderia me ajudar também e ao menos lançar um pouco de luz na escuridão que me cerca? No momento não tenho como recompensá-lo por seus serviços, mas em um mês ou dois devo estar casada, terei minha própria renda, então não poderá me considerar ingrata.

Holmes virou-se para a escrivaninha, abriu-a e retirou um pequeno diário de casos, que consultou.

– Farintosh – disse ele. – Ah, sim, lembro-me do caso;

tinha a ver com uma tiara de opalas. Creio que foi antes de você me conhecer, Watson. Só posso dizer, madame, que ficarei feliz em devotar a seu caso o mesmo cuidado que devotei ao de sua amiga. Quanto à recompensa, é a minha própria profissão; mas deixo-a livre para me reembolsar por quaisquer despesas que tiver, quando melhor lhe aprouver. Agora, rogo-lhe que apresente tudo o que puder nos ajudar a formar uma opinião sobre o problema.

– Pois bem! – respondeu nossa visitante. – O horror de minha situação está no fato de meus medos serem tão vagos, e minhas suspeitas estarem relacionadas a pistas tão pequenas, aparentemente triviais para outros, que mesmo aquele a quem eu teria o direito de pedir ajuda e conselho vê tudo o que lhe conto como caprichos de uma mulher nervosa. Ele não o diz, mas posso percebê-lo em suas respostas condescendentes e olhar perdido. Soube, sr. Holmes, que o senhor é capaz de ver as camadas mais profundas da maldade do coração humano. Pode me dizer como andar entre os perigos que me cercam?

– Sou todo atenção, madame.

– Meu nome é Helen Stoner. Estou vivendo com meu padrasto, o último sobrevivente de uma das mais antigas famílias saxãs na Inglaterra, os Roylotts de Stoke Moran, na fronteira oeste de Surrey.

Holmes assentiu.

– O nome me é familiar – disse ele.

– A família já esteve entre as mais ricas da Inglaterra. A propriedade se estendia além das divisas com Berkshire ao norte e com Hampshire no oeste. No século passado, entretanto, quatro herdeiros sucessivos foram de um caráter dissoluto e pródigo. A ruína da família foi completada afinal por um jogador, nos dias da Regência. Nada restou, exceto alguns acres de terra e a casa bicentenária, sobre a qual recai porém o ônus de uma pesada hipoteca. O último nobre suportou sua existência lá, vivendo a terrível vida de um aristocrata depauperado; mas seu filho único, meu padrasto, vendo que tinha de se adaptar às novas condições, obteve um empréstimo de um parente, que lhe permitiu estudar medicina. Ele foi para Calcutá, onde, por sua habilidade profissional e força de caráter, estabeleceu-se com grande clientela. Em um acesso de fúria, no entanto, causado por alguns roubos na casa, ele espancou seu mordomo nativo até matá-lo e escapou por pouco da pena de morte. De qualquer forma, suportou um longo período de encarceramento e voltou para a Inglaterra um homem melancólico e infeliz.

"Enquanto o dr. Roylott estava na Índia, casou-se com minha mãe, sra. Stoner, a jovem viúva do major-general Stoner, da Artilharia Bengali. Minha irmã Júlia e eu somos gêmeas e tínhamos apenas dois anos de idade quando minha mãe se casou novamente. Ela tinha uma quantia considerável de dinheiro, não menos do que mil libras por ano, que confiou inteiramente ao dr. Roylott assim que fomos morar com ele, com a ressalva de que certa quantia anual deveria ser paga a cada uma de nós quando casássemos. Pouco depois de nosso retorno à Inglaterra, minha mãe morreu – ela foi morta há oito anos em um acidente ferroviário perto de Crewe. O dr. Roylott abandonou então suas tentativas de estabelecer uma clientela em Londres e nos levou com ele para viver na casa ancestral de Stoke Moran. O dinheiro deixado por minha mãe era suficiente para todos os nossos desejos e não parecia haver obstáculo algum à nossa felicidade.

"Mas uma terrível mudança atingiu nosso padrasto durante esse tempo. Em vez de fazer amigos e trocar visitas com nossos vizinhos, que a princípio se regozijaram em ver um Roylott de Stoke Moran de volta à velha herdade da família, ele trancou-se em casa e raramente saía, a não ser para meter-se em ferozes querelas com quem quer que cruzasse seu caminho. O temperamento violento, próximo à loucura, é hereditário nos homens da família. No caso de meu padrasto, acredito, ele foi intensificado por sua longa estadia nos trópicos. Houve uma série de brigas vergonhosas, duas das quais terminaram na delegacia, até que ele finalmente se tornasse o terror do vilarejo e as pessoas desaparecessem à sua chegada, pois ele é um homem de imensa força e absolutamente incontrolável em sua raiva.

"Na semana passada, ele atirou o ferreiro num riacho e somente mediante o pagamento de todo o dinheiro que pude juntar foi possível evitar outra exposição pública. Ele não tem amigo algum, exceto os nômades ciganos, e dá àqueles vagabundos permissão para acampar nos poucos acres de macegas que constituem a propriedade, aceitando em troca a hospitalidade de suas tendas, vagando com eles às vezes durante semanas. Ele tem paixão também por animais indianos, que lhe são enviados por um correspondente. No momento, ele tem um leopardo e um babuíno, que passeiam livremente em suas terras e são quase tão temidos quanto seu dono pelos habitantes.

"O senhor pode imaginar pelo que estou contando que minha pobre irmã Júlia e eu não tivemos grandes alegrias em nossas vidas. Nenhum empregado para conosco e por muito tempo nós fizemos todo o serviço da casa. Ela não tinha mais do que trinta anos quando morreu, embora seu cabelo já houvesse começado a embranquecer, assim como o meu.

– Sua irmã está morta, então?

– Ela morreu há apenas dois anos, e é sobre sua morte que eu gostaria de lhe falar. O senhor pode imaginar que, vivendo a vida que descrevi, era muito improvável convivermos com alguém de nossa mesma idade e posição. Temos, no entanto, uma tia, a irmã solteirona de minha mãe, sra. Honoria Westphail, que vive perto de Harrow. De vez em quando nos era dada permissão para fazer visitas curtas à casa dessa senhora. Júlia foi para lá há dois anos, no Natal, e conheceu um major da Marinha, com quem noivou. Meu padrasto soube do noivado quando minha irmã retornou e não ofereceu objeções ao casamento; mas duas semanas antes do dia marcado para a cerimônia, ocorreu o terrível evento que me privou de minha única companhia.

Sherlock Holmes estivera recostado em sua cadeira com os olhos fechados e a cabeça envolta por uma almofada, mas então abriu um pouco suas pálpebras e olhou para a visitante.

– Por obséquio, seja precisa nos detalhes – disse ele.

– É fácil para mim sê-lo, pois cada evento daquela época horrível está cauterizado em minha memória. A mansão, com eu já relatei, está muito velha e agora apenas uma ala é utilizada. Os quartos dessa ala ficam no térreo, estando as salas de estar no bloco central. Desses quartos, o primeiro pertence ao dr. Roylott, o segundo, à minha irmã e o terceiro é o meu próprio. Não há comunicação entre eles, mas todos dão para o mesmo corredor. Estou sendo clara?

– Perfeitamente clara.

– As janelas dos três quartos abrem-se para o gramado. Na noite fatal, o dr. Roylott se retirara para seu quarto cedo, embora soubéssemos que ele não se retirara para descansar, pois o cheiro dos fortes charutos indianos que costumava fumar perturbavam minha irmã. Ela deixou seu quarto, consequentemente, e veio para o meu, onde ficou por algum tempo, conversando sobre o casamento próximo. Às onze horas, ela se levantou para deixar-me, mas parou na porta e olhou para trás:

"– Diga-me, Helen – disse ela –, você alguma vez escutou um assobio no meio da noite?

"– Nunca – respondi.

"– Não seria você a assobiar durante o sono?

"– Certamente que não. Por quê?

"– Porque nas últimas noites eu tenho escutado um assobio claro e baixo, por volta das três da manhã. Tenho sono leve, por isso acordo. Não posso dizer de onde vem – talvez do quarto ao lado, talvez do gramado. Pensei em perguntar-lhe se você havia escutado.

"– Não, eu não escutei. Devem ser aqueles ciganos desgraçados na lavoura.

"– Possivelmente. Porém, caso tenha sido no gramado, fico surpresa que você não tenha ouvido.

"– Ah, mas tenho o sono mais pesado que o seu.

"– Bem, não tem grande importância – ela sorriu para mim, fechou a minha porta e alguns momentos depois escutei a chave girar na fechadura da sua porta."

– É mesmo? – disse Holmes – Era costume sempre trancarem os quartos à noite?

– Sempre.

– E por quê?

– Creio ter mencionado que o doutor tinha um leopardo e um babuíno. Não nos sentíamos seguras, a menos que nossas portas estivessem trancadas.

– Está certo. Continue seu testemunho, por obséquio.

– Não consegui dormir naquela noite. Uma vaga sensação de desgraças iminentes me incomodava. Minha irmã e eu, o senhor deve se lembrar, éramos gêmeas. O senhor sabe quão sutis são os elos que ligam duas almas tão unidas. Era uma noite tempestuosa. O vento uivava lá fora e a chuva batia nas janelas. De repente, em meio ao barulho da tormenta, explodiu o grito de uma mulher aterrorizada. Sabia que era a voz de minha irmã... Saltei da cama, enrolei um xale em minhas costas e apressei-me até o corredor. Quando abri minha porta, pareceu-me ter ouvido um assobio baixo, como minha irmã havia descrito, e momentos depois um som, como se alguma coisa de metal houvesse caído. A porta de minha irmã estava destrancada e movia-se vagarosamente sobre os gonzos enquanto eu percorria o corredor. Olhei-a horrorizada, sem saber o que poderia sair por ali. Sob a luz do lampião, vi minha irmã aparecer na abertura, seu rosto desbotado de terror, suas mãos estendidas em busca de socorro, todo o corpo balançando-se para frente e para trás, como o de um ébrio. Corri para ela e a abracei, mas no mesmo instante seus joelhos cederam e ela caiu no chão. Contorcia-se como quem sofre dores terríveis e seus membros convulsionavam horrivelmente. Primeiro pensei que ela não houvesse me reconhecido, mas quando me inclinei ela subitamente gritou: "Ó meu Deus! Helen! Foi a faixa! A faixa malhada!", em uma voz que jamais esquecerei. Havia outra coisa que ela queria dizer enquanto seu dedo apontava na direção do quarto do doutor, mas foi tomada por uma convulsão que sufocou suas palavras. Corri para fora, chamando meu padrasto, e o encontrei saindo de seu quarto vestido em um roupão. Quando chegou ao quarto de minha irmã, ela estava inconsciente. Embora ele tenha tentando reanimá-la com conhaque e pedido auxílio médico da vila, todos os esforços foram vãos, pois ela vagarosamente morreu sem recobrar os sentidos. Tal foi o fim de minha amada irmã.

– Um momento – disse Holmes –, tem certeza sobre o assobio e o som metálico? Poderia jurar?

– O legista do condado me perguntou o mesmo no inquérito. Tenho forte impressão de ter ouvido tudo, porém, em meio ao ruído da tormenta e aos estalos de uma casa antiga eu posso bem ter me enganado.

– Sua irmã estava vestida?

– Não, ela estava de camisola. Em sua mão direita foi encontrado um fósforo queimado e na esquerda uma caixa de fósforos.

– Mostrando que ela acendeu um deles e olhava ao redor quando ficou alarmada. Isso é importante. E a que conclusões o legista chegou?

– Ele investigou o caso com grande zelo, pois o dr. Roylott há tempos era notório no condado, devido a sua conduta, mas foi incapaz de encontrar alguma causa satisfatória para a morte. Meu relato mostrou que a porta fora trancada por dentro e as janelas estavam bloqueadas por ferrolhos antigos, com largas barras de ferro, que eram colocadas todas as noites. As paredes foram cuidadosamente examinadas e apresentaram-se sólidas em todas as partes. O piso também foi investigado, com o mesmo resultado. A chaminé é larga, mas está bloqueada por quatro grandes toras de madeira. É certo, portanto, que minha irmã estava totalmente sozinha quando encontrou seu fim. Ademais, ela não apresentava marcas de violência.

– E quanto a veneno?

– Os médicos a examinaram à procura, mas nada encontraram.

– Como acha que esta infeliz dama morreu, então?

– É minha crença que ela morreu de puro medo e choque nervoso, embora eu não possa imaginar o que a tenha assustado.

– Os ciganos estavam na lavoura na época?

– Sim, quase sempre há alguns por lá.

– Ah! O que pôde deduzir da alusão a uma faixa – uma faixa malhada?

– Algumas vezes pensei tratar-se apenas de palavras delirantes, outras, que estivesse se referindo a um bando de pessoas, talvez os próprios ciganos na plantação. Não sei se os lenços pintados que a maioria deles usa na cabeça poderiam ter sugerido o estranho substantivo que ela usou.*

Holmes sacudiu a cabeça como um homem longe de estar satisfeito.

– Estas são águas muito profundas – disse ele –; por obséquio, continue sua narrativa.

– Dois anos se passaram desde então e minha vida foi há até pouco tempo mais solitária do que nunca. Um mês atrás, entretanto, um querido amigo, a quem conheço há muitos anos, deu-me a honra de pedir minha mão em casamento. Seu nome é Armitage – Percy Armitage –, o segundo filho do sr. Armitage, de Crane Water, nos arredores de Reading. Meu padrasto não se opôs à união e pretendemos nos casar durante a primavera. Dois dias atrás, começaram alguns reparos na ala oeste do prédio e a parede do meu quarto foi quebrada, de modo que precisei mudar-me para o quarto em que minha irmã morreu e dormir na mesma cama em que ela dormia. Imagine, então, o terror que senti quando, na noite passada,

---

* Jogo de palavras com o termo *band*, que em inglês pode significar tanto "faixa" quanto "bando". (N. T.)

enquanto pensava em seu terrível destino, subitamente ouvi no silêncio da noite o baixo assobio que foi o mensageiro de sua morte. Levantei de um pulo e acendi o lampião, mas nada havia para ser visto no quarto. Estava perturbada demais para voltar à cama, então me vesti e, assim que o dia clareou, desci e peguei uma charrete na estalagem Crown, em frente à propriedade. Fui para Leatherhead, de onde vim esta manhã, com o objetivo de vê-lo e pedir seus conselhos.

– Agiu sabiamente – disse meu amigo. – Mas você me contou tudo?

– Sim, tudo.

– Srta. Stoner, a senhorita não o fez. Está poupando seu padrasto.

– Como? O que quer dizer?

Como resposta, Holmes puxou um debrum de renda preta que guarnecia a mão colocada sobre o joelho de nossa visitante. Cinco pontos azuis, as marcas de quatro dedos e um polegar, estavam impressos no pulso branco.

– A senhorita foi tratada cruelmente – disse Holmes.

A dama ruborizou-se e cobriu o pulso machucado.

– Ele é um homem duro – disse ela – e talvez nem conheça a própria força.

Houve um longo silêncio, durante o qual Holmes apoiou o queixo sobre as mãos e observou o fogo crepitante.

– Este é um negócio muito sério – disse finalmente. – Há mil detalhes que eu desejaria saber antes de decidir o curso de nossas ações. Todavia, não há um momento a perder. Se fôssemos a Stoke Moran hoje, seria possível olharmos estes quartos sem o conhecimento de seu padrasto?

– Por acaso, ele falou em vir à cidade hoje para cuidar de assuntos importantíssimos. É provável que passe o dia inteiro fora e que nada nos perturbe. Temos uma empregada agora, mas ela é velha e tola. Poderia facilmente tirá-la do caminho.

– Excelente. Você não é contra esta viagem, Watson?

– Absolutamente.

– Então iremos os dois. O que a senhorita pretende fazer?

– Há uma ou duas coisas que gostaria de fazer, já que estou na cidade. Mas retornarei no trem das doze horas, para estar lá no momento de sua chegada.

– Pode nos esperar no início da tarde. Eu mesmo tenho alguns pequenos negócios a resolver. Não gostaria de esperar pelo café da manhã?

– Não, eu devo ir. Meu coração já ficou aliviado agora que lhes confiei meus problemas. Vou esperá-los esta tarde.

Baixou o denso véu negro sobre o rosto e deixou a sala.

– E o que você acha disso tudo, Watson? – perguntou Sherlock Holmes, reclinando-se na cadeira.

– Parece-me muitíssimo sinistro.

– Porém, se a dama está certa em dizer que o piso e as paredes são sólidos e que a porta, a janela e a chaminé são impenetráveis, então sua irmã sem dúvida estava sozinha quando encontrou seu misterioso fim.

– O que significam então aqueles assobios noturnos e as peculiares palavras da moribunda?

– Não faço ideia. Quando se combinam assobios na noite, a presença de um bando de ciganos íntimos do velho doutor, o fato de termos todas as razões para crer que o doutor tem interesse em impedir o casamento das enteadas, a alusão a uma faixa e, finalmente, o ruído metálico ouvido pela sra. Helen Stoner, que pode ter sido causado por uma daquelas barras das janelas caindo de volta em seu lugar, penso que há boas razões para encontrarmos a solução do mistério neste sentido.

– Mas o que os ciganos fizeram?

– Não posso imaginar.

– Vejo muitas objeções a uma teoria como essa.

– Eu também. É exatamente por essa razão que iremos a Stoke Moran hoje. Quero ver se as objeções são decisivas, ou se podem ser explicadas satisfatoriamente. Mas que diabos é isso?

A exclamação saiu de meu companheiro assim que a porta foi subitamente escancarada e um homem apareceu por ela. Seu traje era uma peculiar mistura entre o profissional e o camponês, com uma cartola preta, um longo casaco, um par de polainas altas e um chicote de caça girando em sua mão. Era tão alto que seu chapéu raspava o marco da porta e seu corpo parecia abarcá-la de lado a lado. Um rosto largo, cortado por milhares de rugas, queimado de sol, marcado por paixões malévolas, virava-se de um para o outro. Seus olhos fundos e biliosos e o nariz grande e pontudo davam-lhe o ar de uma velha ave de rapina.

– Qual de vocês é Holmes? – perguntou a aparição.

– É meu nome, mas assim o senhor está em vantagem – disse meu companheiro calmamente.

– Sou o dr. Grimesby Roylott, de Stoke Moran.

– Pois bem, doutor – disse Holmes suavemente. – Queira sentar-se.

– Não farei tal coisa. Minha enteada esteve aqui. Eu a segui. O que ela andou lhe dizendo?

– Está um tanto frio para esta época do ano – disse Holmes.

– O que ela andou lhe dizendo? – gritou o velho.

– Mas eu ouvi dizer que as tulipas prometem ser abundantes – continuou meu companheiro, imperturbável.

– Ha! Você está tentando me enrolar, não? – disse nosso novo visitante, dando um passo adiante e sacudindo seu chicote de caça. – Eu o conheço, seu patife! Já ouvi falar de você. É Holmes, o mexeriqueiro.

Meu amigo sorriu.

– Holmes, o intrometido!

Seu sorriso alargou-se.

– Holmes, o lacaio da Scotland Yard.

Holmes gargalhou.

– Sua conversa é deveras engraçada – disse ele. – Quando sair, feche a porta, pois há uma forte corrente de ar.

– Irei quando houver dito tudo o que quero. Não ouse meter-se em meus negócios. Sei que a srta. Stoner esteve aqui, eu segui-a! Sou um homem perigoso para criar inimizade. Veja isto.

Deu um passo à frente e, pegando o atiçador, curvou-o com suas grandes mãos morenas.

– Cuide em manter-se longe de minhas garras – rosnou e, atirando o atiçador de volta à lareira, deixou a sala.

– Ele parece uma pessoa bastante amigável – disse Holmes, rindo-se a valer. – Posso não ser tão grande, mas se ele houvesse permanecido aqui eu poderia ter lhe mostrado que minhas garras não são mais fracas do que as dele.

Enquanto falava, pegou o atiçador de aço e, com um súbito movimento, endireitou-o de novo.

– Veja só a insolência dele em confundir-me com a força oficial de detetives! Este incidente dá novo gosto a nossas investigações, entretanto. Espero somente que nossa pequena amiga não sofra por sua imprudência em deixar esse bruto segui-la. E agora, Watson, pediremos o café. Depois vou caminhando até Doctor's Commons*, onde espero conseguir alguns dados que possam nos ajudar nesta questão.

Era quase uma hora quando Holmes retornou de sua excursão. Segurava uma folha de papel azul, rabiscada com anotações e números.

– Eu vi o testamento da esposa falecida – disse ele. – Para determinar seu significado exato, fui obrigado a calcular os preços atuais dos investimentos aos quais ele se refere. A renda total, que na época da morte da esposa era pouco menos de 1.100 libras, é agora de não mais de 750 libras, devido à queda dos preços de produtos agrícolas. Cada filha pode reclamar uma renda de 250 libras quando se casar. É

---

* Faculdade de Direito Civil estabelecida em Londres no século XVII, onde os cidadãos podiam depositar documentos. (N. T.)

evidente, portanto, que se as duas garotas casassem, esse belo homem ficaria com uma esmola somente, enquanto o casamento de apenas uma já o teria prejudicado seriamente. Meu trabalho não foi desperdiçado, visto que provou a existência dos mais fortes motivos para impedir algo do gênero. E agora, Watson, isto é muito sério para procrastinações, especialmente com o velho sabendo que estamos interessados em seus assuntos. Então, se você estiver pronto, vamos chamar um táxi e ir a Waterloo. Ficaria muito agradecido se você pusesse seu revólver no bolso. Uma arma é um excelente argumento para um cavalheiro que pode dar nós em atiçadores de aço. Isso e uma escova de dentes são, eu acredito, tudo o que precisamos.

Em Waterloo, tivemos sorte suficiente para pegar um trem até Leatherhead, onde alugamos uma charrete no albergue da estação e andamos por seis ou sete quilômetros pelas belas estradas de Surrey. Era um dia perfeito, com sol brilhando e poucas nuvens algodoadas no céu. As árvores e sebes expeliam seus primeiros brotos e o ar estava repleto do agradável cheiro de terra úmida. Ao menos para mim havia um estranho contraste entre a doce promessa da primavera e o nosso desafio sinistro. Meu companheiro estava sentado na frente da charrete, de braços cruzados, o chapéu inclinado sobre os olhos, o queixo enfiado no peito, imerso em reflexões profundas. Subitamente, entretanto, ele ergueu-se, bateu em meu ombro e apontou para os prados.

– Olhe! – disse ele.

Um parque cheio de árvores estendia-se em uma colina suave, densificando-se em uma mata fechada no topo. Dentre os galhos sobressaíam-se as cumeeiras cinzentas de uma mansão muito velha.

– Stoke Moran? – perguntou ele.

– Sim, senhor, aquela é a casa do dr. Grimesby Roylott – comentou o cocheiro.

– Estão construindo alguma coisa lá – disse Holmes. – É para onde estamos indo.

– Lá está a vila – disse o cocheiro, apontando para um ajuntamento de telhados à esquerda –, mas se querem chegar à casa, é melhor pular esta cancela e seguir a trilha pelos campos. Por ali, onde a dama está caminhando.

– E a dama, creio eu, é a srta. Stoner – observou Holmes, protegendo os olhos com a mão. – Sim, acho que seria melhor seguirmos sua sugestão.

Descemos, pagamos a tarifa e a charrete chacoalhou de volta pelo caminho para Leatherhead.

– Acho também – disse Holmes, enquanto escalávamos a cancela – que esse camarada deve ter pensado que estamos aqui como arquitetos, ou para algum assunto ordinário. Isso deve impedir fofocas. Boa tarde, srta. Stoner. Pode ver que cumprimos nossa palavra.

Nossa cliente da manhã adiantara-se até nós com um rosto que transpirava alegria.

– Estava esperando tão ansiosamente por vocês! – gritou ela, cumprimentado-nos calorosamente. – Tudo correu esplendidamente. O dr. Roylott foi para a cidade e dificilmente estará de volta antes da noite.

– Tivemos o prazer de conhecer o doutor – disse Holmes.

Em poucas palavras, ele esboçou o ocorrido. A srta. Stoner empalideceu enquanto ouvia.

– Céus! – exclamou – Ele me seguiu, então?

– Assim parece.

– Ele é tão astuto que nunca sei quando estou livre dele. O que diremos quando ele retornar?

– Ele deve tomar cuidado, pois pode descobrir que há alguém ainda mais astuto em seu encalço. A senhorita deve se trancar longe dele esta noite. Se ele ficar violento, a levaremos para a casa de sua tia em Harrow. Agora, devemos fazer o melhor uso de nosso tempo, então por favor leve-nos imediatamente aos quartos que devemos examinar.

O prédio era feito de pedra cinzenta, manchada de musgo, com uma parte central alta e duas alas em curva de cada lado, como as garras de um caranguejo. Em uma das alas as janelas estavam quebradas e bloqueadas com tábuas, enquanto o teto estava parcialmente caído, a imagem da ruína. A parte central estava em condições um pouco melhores, mas o bloco da direita era comparativamente moderno. As cortinas nas janelas, com a fumaça azul saindo em espirais das chaminés, mostravam que era onde a família residia. Alguns andaimes se levantavam contra a parede dos fundos, onde havia uma abertura na pedra, mas não havia sinal de trabalhadores no momento de nossa visita. Holmes caminhou devagar para cima e para baixo pelo malcortado gramado e examinou as janelas por fora com profunda atenção.

– Esta, presumo, pertence ao quarto em que você costumava dormir, a central, ao de sua irmã e a mais próxima do prédio principal, aos aposentos do dr. Roylott?

– Exatamente. Mas agora estou dormindo no do meio.

– Devido às reformas, pelo que vejo. Por sinal, não parece haver uma necessidade urgente de reparos na parede dos fundos.

– Não havia. Creio que foi uma desculpa para me tirar de meu quarto.

– Ah! Isso é sugestivo. Bem, do outro lado desta ala estreita está o corredor para o qual estes três quartos dão acesso. Há janelas nele, é claro?

– Sim, mas muito pequenas. Estreitas demais para alguém passar.

– Como vocês trancavam suas portas à noite, seus quartos eram inatingíveis por aquele lado. Agora, a senhorita teria a bondade de ir ao seu quarto e fechar a janela com a barra?

A srta. Stoner o fez, e Holmes, após um exame cuidadoso, tentou de todas as maneiras abrir a janela, mas sem sucesso. Não havia sequer uma fenda pela qual uma faca pudesse ser usada para levantar a barra. Então ele testou as dobradiças com sua lente, mas elas eram de ferro maciço, cimentadas firmemente na parede.

– Hum – disse ele, coçando o queixo com certa perplexidade. – Minha teoria certamente apresenta algumas dificuldades. Ninguém poderia passar por essa janela se ela estivesse aferrolhada. Bem, vejamos se o interior joga alguma luz sobre a questão.

Uma pequena porta lateral nos levou ao corredor caiado para onde davam os três quartos. Holmes recusou-se a examinar o terceiro quarto, então passamos imediatamente ao segundo, aquele em que a srta. Stoner agora dormia e no qual sua irmã encontrara seu destino. Era um quartinho aconchegante, com teto baixo e lareira larga, conforme a tradição nas antigas casas de campo. Uma cômoda marrom ficava num canto, uma cama coberta por uma colcha branca no outro e uma penteadeira no lado esquerdo da janela. Esses objetos, junto com duas cadeiras de vime, eram toda a mobília no quarto, exceto por um quadrado de carpete Wilton no centro. Os rodapés e painéis que forravam as paredes eram de carvalho marrom, carunchados, tão velhos e descoloridos que talvez ainda fossem os mesmos da época da construção da casa. Holmes levou uma cadeira até um canto e sentou-se em silêncio, enquanto seus olhos passeavam em volta e para cima e para baixo, guardando cada detalhe do aposento.

– Aonde vai a corda dessa campainha? – perguntou afinal, apontando para uma grossa corda pendurada ao lado da cama, a borla, na verdade, caindo em cima do travesseiro.

– Vai para o quarto da empregada.

– Parece mais nova do que as outras coisas.

– Sim, foi colocada há apenas alguns anos.

– Sua irmã pediu, suponho?

– Não, nunca a escutei usando. Nós sempre pegamos o que queríamos nós mesmas.

– Na verdade, parece totalmente desnecessário colocar uma corda de campainha tão bonita neste lugar. A senhorita certamente me dará licença por alguns minutos, enquanto investigo o assoalho.

Atirou-se ao chão segurando sua lente e engatinhou para frente e para trás, examinando detidamente as fissuras entre as tábuas. Depois fez o mesmo com os painéis de madeira que cobriam as paredes. Em seguida foi até a cama e passou algum tempo observando-a e correndo os olhos acima e abaixo pela parede. Finalmente, pegou a corda da campainha e deu um forte puxão.

– Ora, é falsa – disse ele.

– Não toca?

– Não, nem mesmo está ligada a um fio. Isso é muito interessante. Pode ver agora que está atada a um gancho logo acima da pequena abertura de ventilação.

– Que absurdo! Eu nunca reparei nisso antes.

– Muito estranho! – resmungou Holmes, puxando a corda. – Há dois detalhes muito singulares neste quarto. Por exemplo, quão tolo tem de ser um construtor para abrir um duto de ventilação para outro quarto, quando, com o mesmo trabalho, poderia tê-lo aberto para o ar lá fora!

– Isso também é bastante recente – disse a dama.

– Feito mais ou menos na mesma época da campainha – comentou Holmes.

– Sim, diversas pequenas mudanças foram levadas a cabo na ocasião.

– Elas parecem ter as mais interessantes características: campainhas falsas, dutos de ventilação que não ventilam. Com sua permissão, srta. Stoner, transportaremos nossas pesquisas para o quarto central.

Os aposentos do dr. Grimesby Roylott eram maiores que os de sua enteada, mas tinham tanta mobília quanto. Uma cama rústica, uma pequena prateleira cheia de livros, a maioria de assuntos técnicos, uma poltrona ao lado da cama, uma cadeira simples encostada contra a parede, uma mesa redonda e um grande cofre de ferro foram as coisas que mais chamaram a atenção. Holmes deu a volta devagar e examinou cada uma delas com o maior interesse.

– O que há aqui? – perguntou, batendo no cofre.

– Os documentos de meu padrasto.

– Oh! Então a senhorita já olhou aí dentro?

– Só uma vez, há alguns anos. Lembro que estava cheio de papéis.

– Não haveria um gato nele, por exemplo?

– Não. Que ideia estranha!

– Bem, veja isto!

Suspendeu um pequeno pires de leite que estava em cima do cofre.

– Não, nós não temos um gato. Mas temos um leopardo e um babuíno.

– Ah, é claro! Bem, um leopardo é apenas um gato grande, sim, entretanto, um pires de leite não é suficiente para satisfazer suas necessidades, ouso dizer. Há um ponto que ainda gostaria de determinar.

Agachou-se em frente à cadeira e examinou o assento com a maior atenção.

– Obrigado. Está claro o suficiente – disse ele, erguendo-se e guardando a lente no bolso. – Opa, aqui está algo interessante.

O objeto que chamara sua atenção era uma pequena coleira com uma guia pendurada no canto da cama. Entretanto, ela fora enrolada e amarrada como se fosse um chicote.

– O que você acha disso, Watson?

– É uma guia bastante ordinária. Mas não entendo por que está amarrada.

– Isso não é muito comum, não é? Ah, rapaz! Há tanta malvadeza no mundo. Quando um homem esperto volta sua mente para o crime torna-se ainda pior. Creio que já vi o suficiente por ora, srta. Stoner. Com sua permissão, vamos dar uma caminhada pelo gramado.

Nunca vira a face de meu amigo tão carregada como quando deixamos o cenário dessa investigação. Caminhamos diversas vezes para cima e para baixo no gramado sem que nem eu nem a srta. Stoner tentássemos penetrar seus pensamentos antes que ele mesmo emergisse dos devaneios.

– É absolutamente essencial, srta. Stoner – disse ele –, que siga meus conselhos em cada aspecto.

– Certamente o farei.

– A questão é séria demais para qualquer hesitação. Sua vida pode depender de sua obediência.

– Asseguro-lhe que estou em suas mãos.

– Em primeiro lugar, tanto eu como meu amigo precisamos passar a noite em seu quarto.

Tanto eu quanto a srta. Stoner olhamos atônitos para ele.

– Sim, deve ser assim. Deixe-me explicar. Creio que aquela seja a estalagem da vila?

– Sim, a "Coroa".

– Muito bem. As janelas de seu quarto são visíveis de lá?

– Certamente.

– A senhorita deve confinar-se em seu quarto, com o pretexto de uma dor de cabeça, quando seu padrasto voltar. Então, quando escutá-lo retirar-se para dormir, deve abrir sua janela, retirar o ferrolho, acender o lampião como um sinal para nós e então mudar-se com tudo o que possa necessitar para o quarto que ocupava antes. Não tenho dúvidas de que, apesar das reformas, conseguirá passar uma noite lá.

– Oh, sim, facilmente.

– O resto a senhorita deixará em nossas mãos.

– Mas o que vocês vão fazer?

– Passaremos a noite em seu quarto e investigaremos a causa do barulho que a perturbou.

– Creio que o senhor já tem as respostas – disse a srta. Stoner, pousando sua mão sobre a manga de meu companheiro.

– Talvez eu tenha.

– Então, por piedade, diga-me o que causou a morte de minha irmã.

– Preferiria ter provas irrefutáveis antes de falar.

– O senhor pode ao menos dizer se minha opinião está certa, se ela morreu devido a um susto repentino?

– Não, acho que não. Creio que houve alguma causa mais tangível. E agora, srta. Stoner, devemos deixá-la, pois caso o dr. Roylott volte e nos veja, nossa jornada terá sido em vão. Adeus e seja forte, pois se fizer o que lhe pedi, pode assegurar-se de que dentro em pouco afastaremos os perigos que a ameaçam.

Sherlock Holmes e eu não tivemos dificuldades em arranjar um alojamento de quarto e sala na estalagem Coroa. Ficavam no andar de cima e de nossa janela podíamos ver o portão de entrada e a ala habitada da ancestral mansão de Stoke Moran. Ao entardecer, vimos o dr. Grimesby Roylott passar, sua enorme figura destacando-se ao lado da pequena figura do rapaz que o transportou. O garoto teve alguma dificuldade em abrir os pesados portões de ferro. Ouvimos a estrondosa voz do doutor e a fúria com que ele chacoalhava os punhos fechados contra o garoto. A charrete foi embora e alguns minutos depois vimos uma luz repentina aparecer entre as árvores, quando um lampião foi aceso em uma das salas de estar.

– Sabe, Watson – disse Holmes, enquanto esperávamos juntos o cair da escuridão –, eu realmente tenho alguns escrúpulos em levá-lo esta noite. Há um claro elemento de perigo.

– Posso ser de alguma ajuda?

– Sua presença poderia ser de grande valor.

– Então certamente irei.

– É muita bondade sua.

– Você fala em perigo. Evidentemente, viu mais do que era visível para mim naqueles quartos.

– Não, mas temo que tenha deduzido um pouco mais. Imagino que tenha visto o que vi.

– Não vi nada de notável, fora a corda da campainha. Confesso que o propósito a que ela serve está além de minha imaginação.

– Você viu o duto de ventilação também?

– Sim, mas não acho tão estranho haver uma pequena abertura entre dois quartos. Era tão pequena que um rato dificilmente poderia atravessar.

– Eu sabia que encontraríamos uma abertura de ventilação antes mesmo de virmos a Stoke Moran.

– Meu caro Holmes!

– Oh, sim, eu sabia. Você lembra que em seu testemunho ela disse que a irmã podia sentir o cheiro do charuto. Ora, isso imediatamente sugeriu que deveria haver uma comunicação entre os dois quartos. Só poderia ser bastante pequena, ou o legista teria relatado sua presença no inquérito. Deduzi ser uma abertura de ventilação.

– Mas que perigo pode haver nisso?

– Bem, há ao menos uma curiosa coincidência de datas. Uma abertura de ventilação é feita, uma corda é pendurada e uma dama que dorme na cama morre. Isso não o surpreende?

– Ainda não posso ver ligação alguma.

– Você observou qualquer coisa muito peculiar naquela cama?

– Não.

– Estava fixada ao chão. Você alguma vez viu uma cama presa daquela maneira antes?

– Não posso dizer que sim.

– A dama não podia mover sua cama. Esta deveria estar sempre na mesma posição em relação à abertura e à corda – assim podemos chamá-la, já que nunca foi planejada como uma campainha.

– Holmes – exclamei –, parece-me que percebo vagamente onde você quer chegar. Estamos na iminência de prevenir um crime horrível e sutil.

– Sutil o bastante e horrível o bastante. Quando um médico pratica o mal ele é o maior dos criminosos. Ele tem coragem e tem conhecimento. Palmer e Pritchard estavam entre os melhores em sua profissão. Este homem é ainda mais engenhoso, mas creio, Watson, que mesmo assim podemos ser mais engenhosos que ele. Entretanto, veremos horrores suficientes antes do fim da noite: por Deus!, fumemos um bom cachimbo e voltemos nossas mentes para algo mais agradável durante algumas horas.

Por volta das nove horas, a luz entre as árvores se apagou e tudo ficou escuro na direção da mansão. Duas horas se passaram vagarosamente. Então, de repente, às onze em ponto, uma única luz brilhou bem à nossa frente.

– É nosso sinal – disse Holmes, erguendo-se –, vem da janela do meio.

Enquanto saíamos, ele trocou algumas palavras com o proprietário, explicando que iríamos fazer uma visita tardia a um conhecido e era possível que passássemos a noite lá. Um momento depois estávamos na estrada escura, um vento gelado soprando em nossas faces e uma luz amarela faiscando em meio ao breu para guiar-nos em nossa jornada.

Houve pouca dificuldade em entrar nas terras, pois algumas aberturas no velho muro do parque não haviam sido consertadas. Caminhando por entre as árvores, chegamos ao gramado, cruzamo-lo e estávamos prestes a entrar pela janela, quando de uma moita de arbustos de louro pulou o que parecia ser uma criança deformada, que se jogou sobre a grama com o corpo todo retorcido e depois desapareceu na escuridão.

– Meu Deus! – sussurrei. – Você viu?

Holmes estava tão sobressaltado quanto eu naquele momento. Sua mão fechou-se como um torniquete em meu pulso. Depois ele riu-se baixinho e falou em meu ouvido.

– É uma bonita família – murmurou. – Aquele é o babuíno.

Havia esquecido dos estranhos bichos de estimação pelos quais o doutor tinha predileção. Tinha um leopardo também; talvez o encontrássemos sobre nossas costas a qualquer momento. Admito ter sentido alívio quando, após seguir o exemplo de Holmes e tirar meus sapatos, achei-me dentro do quarto. Meu companheiro fechou a janela sem fazer barulho, colocou o lampião sobre a mesa e lançou os olhos ao redor. Tudo estava como víramos durante o dia. Depois chegou-se até mim e, fazendo uma concha com a mão, sussurrou em meu ouvido tão suavemente que tudo o que consegui entender foi:

– O menor ruído pode ser fatal para nossos planos.

Fiz um sinal com a cabeça para mostrar que havia escutado.

– Precisamos esperar no escuro. Ele veria a luz pela abertura.

Sacudi a cabeça novamente.

– Não durma; sua vida pode depender disso. Tenha a pistola pronta, caso precisemos usá-la. Sentarei ao lado da cama e você naquela cadeira.

Puxei meu revólver e pousei-o no canto da mesa.

Holmes trouxera um caniço longo e fino, que colocou perto de si na cama. Ao lado, deixou a caixa de fósforos e um toco de vela. Depois apagou o lampião e ficamos na escuridão.

Como poderei um dia esquecer aquela terrível vigília? Não podia ouvir um só ruído, nem mesmo uma inspiração, porém sabia que meu companheiro estava sentado de olhos abertos, a poucos metros de mim, no mesmo estado de tensão nervosa em que me encontrava. As folhas da janela bloqueavam o menor raio de luz e esperávamos em escuridão absoluta. De fora vinha o grito ocasional de um pássaro noturno e uma vez ouvimos um longo gemido felino bem embaixo de nossa janela, mostrando que o leopardo de fato estava em liberdade. Ao longe podíamos escutar as batidas pesadas do relógio da igreja, que badalava a cada quarto de hora. Quão longos pareciam esses quartos de hora! Doze horas, uma hora, duas, três horas e ainda esperávamos em silêncio o que quer que sucedesse.

De repente, houve o momentâneo brilho de uma luz vindo da direção da abertura, que desapareceu imediatamente, mas foi seguido pelo forte cheiro de óleo queimado e metal quente. Alguém no quarto ao lado acendera uma lanterna. Ouvi um ruído leve de movimentação e tudo ficou em silêncio mais uma vez, embora o cheiro tivesse aumentado. Por meia hora esperei de ouvidos atentos. Então, subitamente, outro som tornou-se audível – um som baixo, suave, como o de um pequeno jato de vapor escapando continuamente de uma chaleira. No instante em que o escutamos, Holmes pulou da cama, riscou um fósforo e bateu furiosamente na corda da campainha com o caniço.

– Você a vê, Watson? – gritou. – Você a vê?

Mas eu não via nada. No momento em que Holmes acendeu a luz, escutei um assobio baixo, mas a súbita luminosidade brilhando em meus olhos cansados tornava impossível dizer contra o que meu amigo investia tão selvagemente. Podia, no entanto, ver que seu rosto estava lívido e cheio de horror.

Ele parara de bater e olhava para a abertura, quando de repente o grito mais horrível que já escutei quebrou o silêncio da noite. Aumentou até se tornar um bramido de dor, medo e raiva, tudo reunido em um terrível uivo estridente. Dizem que na vila e até mesmo na distante casa paroquial aquele grito tirou as pessoas de suas camas. Gelou nossos corações. Fiquei olhando para Holmes e ele para mim, até que os últimos ecos do grito morressem no silêncio do qual saíram.

– O que pode significar? – engasguei-me.

– Significa que tudo terminou – respondeu Holmes. – E talvez, afinal de contas, seja melhor assim. Pegue sua pistola e vamos para o quarto do dr. Roylott.

Com uma expressão grave, ele acendeu o lampião e guiou o caminho pelo corredor. Bateu duas vezes na porta dos aposentos sem ter resposta alguma. Depois girou a maçaneta e entrou, eu logo atrás, com a pistola de prontidão.

Foi uma visão singular a que nossos olhos encontraram. Na mesa estava uma lanterna com a proteção meio cerrada, jogando um facho brilhante de luz sobre o cofre de ferro, cuja porta estava aberta. Ao lado da mesa, na cadeira, estava o dr. Grimesby Roylott, vestido em um longo roupão cinza, os tornozelos nus projetando-se sob a barra e os pés metidos em chinelos turcos vermelhos. Sobre seu colo estava o chicote que havíamos visto durante o dia. Seu queixo apontava para cima e os olhos estavam rigidamente fixos no canto do teto. Em volta da testa, ele tinha uma peculiar faixa amarela, com pintas marrons, que parecia firmemente atada à sua cabeça. Ao entrarmos, ele não fez som ou movimento algum.

– A faixa! A faixa malhada! – sussurrou Holmes.

Adiantei-me. Em um instante a estranha bandana começou a mover-se. De seus cabelos, ergueu-se a cabeça chata em forma de diamante e o pescoço inchado de uma serpente nojenta.

– É uma cobra do pântano! – exclamou Holmes. – A serpente mais mortífera da Índia. Ele morreu dez segundos após ser picado. A violência, de fato, recai sobre os violentos e o conspirador cai no poço que cava para os outros. Vamos enfiar esta criatura de volta em sua toca. Levemos a srta. Stoner para algum lugar seguro e contemos à polícia local o que aconteceu.

Enquanto falava, pegou o chicote do colo do falecido. Amarrando o laço em volta do pescoço do réptil, retirou-o de seu horrendo poleiro e, carregando-o à distância de um braço, meteu-o no cofre, fechando-o.

Esses são os fatos verdadeiros sobre a morte do dr. Grimesby Roylott, de Stoke Moran. Não é necessário prolongar uma narrativa que já se estendeu demais contando como demos as tristes notícias à garota horrorizada, como a deixamos aos cuidados de sua boa tia em Harrow usando o trem matinal, como o vagaroso inquérito oficial chegou à conclusão de que o doutor encontrou a morte brincando descuidadamente com um animal perigoso. O pouco que me restava saber sobre o caso foi explicado por Sherlock Holmes enquanto voltávamos para casa no dia seguinte.

– Cheguei – disse ele – a uma conclusão totalmente errônea, que mostra, meu caro Watson, como é perigoso tirar conclusões a partir de dados insuficientes. A presença dos ciganos, o uso da palavra "faixa", utilizada pela pobre garota, sem dúvida, para explicar a aparição da qual ela teve um horroroso lampejo à luz do fósforo, foram suficientes para me colocar em uma pista inteiramente errada. Posso reclamar apenas o mérito de ter imediatamente reconsiderado minha posição quando, entretanto, ficou claro que qualquer perigo ameaçando o ocupante do quarto não poderia vir nem da janela nem da porta. Minha atenção foi rapidamente atraída, como já comentei, por aquela abertura de ventilação e pela campainha que descia até a cama. A descoberta de que era falsa e de que a cama estava presa ao chão instantaneamente levantou a suspeita de que a corda estava lá como ponte para alguma coisa que passaria pelo buraco, indo até a cama. A ideia de uma cobra imediatamente me ocorreu. Quando juntei-a ao conhecimento de que o doutor recebia criaturas da Índia, senti que provavelmente estava na pista certa. A ideia de usar um veneno impossível de ser detectado por testes químicos era o que poderia ocorrer a um homem esperto e implacável com treinamento no Oriente. A rapidez com que tal veneno faria efeito era também, de seu ponto de vista, uma vantagem. O legista teria de ser muito atento para poder distinguir as duas pequenas perfurações negras que mostrariam onde as presas fizeram seu trabalho. Então considerei o assobio. É claro, ele precisava chamar a cobra de volta antes que a luz da manhã a revelasse à vítima. Ele a treinou, usando provavelmente o leite que vimos, para retornar quando chamada. Colocava-a na abertura na hora que melhor lhe aprouvesse, com a certeza de que desceria até a cama pela corda. Poderia ou não morder a ocupante, talvez ela escapasse toda noite por uma semana, mas mais cedo ou mais tarde se tornaria uma vítima. Cheguei a essas conclusões antes mesmo de entrar em seu quarto. Uma inspeção na cadeira dele mostrou que era hábito do doutor ficar sobre ela, o que, é claro, seria necessário para alcançar a abertura. A visão do cofre, do pires de leite e o chicote foram suficientes para dissipar quaisquer dúvidas que pudessem restar. O som metálico ouvido pela srta. Stoner foi obviamente causado por seu padrasto batendo a porta do cofre para esconder a terrível ocupante. Uma vez convencido disso, você sabe os passos que dei para colocar a hipótese à prova. Ouvi o sibilar da criatura, como você sem dúvida ouviu também. Instantaneamente, acendi a luz e a ataquei.

– Fazendo-a voltar pela abertura.

– E também fazendo-a voltar-se contra seu mestre do outro lado. Alguns dos golpes de meu caniço a atingiram e despertaram seu temperamento vil, de modo que se atirou sobre a primeira pessoa à sua frente. Assim, sou sem dúvida indiretamente responsável pela morte do dr. Grimesby Roylott, mas não posso dizer que isso vá pesar muito em minha consciência.

Um escândalo na Boêmia

I

Para Sherlock Holmes ela é sempre *a* mulher. Eu raramente o vi mencioná-la de outra forma. Aos seus olhos, ela eclipsa e domina todas as outras. Não que ele sentisse qualquer emoção parecida com amor por Irene Adler. Todas as emoções, e particularmente o amor, eram detestáveis para a sua fria, precisa e admirável mente. Ele era, presumo, a mais perfeita máquina de raciocínio e observação que o mundo havia conhecido. Mas, no papel de amante, estaria agindo contra seus princípios. Nunca falava das paixões mais suaves, a não ser com desdém e escárnio. Elas eram admiráveis para o observador – excelentes para desvelar os motivos e ações dos homens. Mas, para o dedutor treinado, admitir tais intrusões no seu temperamento delicado e finamente ajustado seria introduzir um fator de distração que poderia lançar uma dúvida sobre todas as suas conclusões mentais. Para alguém com a natureza como a sua, uma poeira num instrumento sensível ou uma rachadura em uma de suas poderosas lentes não seriam mais perturbadores que uma emoção forte. E não havia nenhuma outra mulher para ele senão a falecida Irene Adler, de dúbia e questionável memória.

Ultimamente, eu via Holmes muito pouco. Meu casamento nos havia distanciado. A minha completa felicidade e os interesses domésticos surgidos para o homem que pela primeira vez se vê o senhor de seu próprio lar foram suficientes para absorver minha atenção, enquanto Holmes, que com sua alma cigana rejeitava toda forma de convívio social, permaneceu nos nossos aposentos de Baker Street, enterrado em seus velhos livros e alternando semanas entre cocaína e ambição, o entorpecimento da droga e a furiosa energia de sua natureza perspicaz. Era ainda, como sempre, profundamente atraído pelo estudo do crime, e ocupava suas imensas capacidades e extraordinários poderes de observação seguindo pistas e resolvendo mistérios que haviam sido abandonados sem esperanças pela polícia oficial. De vez em quando, ouvia algum vago relato de seus feitos: de sua convocação a Odessa no caso do assassinato Trepoff, da solução da singular tragédia dos irmãos Atkinson em Trincomalee, e finalmente sobre a missão que cumprira tão delicada e exitosamente para a família real holandesa. Além desses sinais de atividade, no entanto, que partilhei com todos os outros leitores da imprensa diária, eu pouco sabia de meu outrora amigo e companheiro.

Certa noite – foi em 20 de março de 1888 –, retornava de uma visita a um paciente (já que agora havia voltado à minha profissão civil), e meu trajeto me levou a Baker Street. Quando passei pela porta tão familiar, que será sempre associada em minha mente a meu namoro e aos sombrios incidentes do caso *Um estudo em vermelho*, fui tomado pelo agudo desejo de ver Holmes de novo e de saber como ele estava utilizando seus extraordinários poderes. A casa estava bastante iluminada, e, quando olhei para cima, vi a sombra alta e magra passar duas vezes pela cortina. Ele caminhava rapidamente pela sala, com a cabeça baixa e as mãos entrelaçadas às costas. Para mim, que conhecia todos os seus humores e hábitos, sua postura e seu comportamento falavam por si próprios. Ele estava na ativa outra vez. Havia emergido de seus sonhos induzidos pelas drogas e estava excitado pelo cheiro exalado por um novo problema. Toquei a campainha e fui levado ao aposento que havia sido em parte meu.

A recepção não foi efusiva. Raramente era, mas creio que ele estava contente em me ver. Com poucas palavras, mas com um olhar amigável, indicou uma poltrona, atirou-me sua cigarreira e indicou-me as bebidas e o sifão de soda, que estavam no canto. Então, ficou em pé diante da lareira e olhou-me do seu modo singularmente introspectivo.

– O casamento assenta-lhe bem – disse. – Creio, Watson, que você engordou três quilos e quatrocentos gramas desde a última vez que o vi.

– Três quilos e 175 gramas – respondi.

– Creio que é um pouco mais. Só um pouquinho mais, presumo, Watson. E voltou à medicina, pelo que vejo. Você não me disse que pretendia retomar a profissão.

– E como sabe disso?

– Eu vejo, eu deduzo. Como é que sei que você se molhou todo recentemente, e que tem uma criada bastante desajeitada e descuidada?

– Meu querido Holmes – disse eu –, isto é demais. Você certamente teria sido queimado na fogueira se vivesse há alguns séculos. É verdade que fiz uma caminhada no campo na quinta-feira e que voltei para casa terrivelmente sujo. Mas, como mudei minhas roupas, não consigo imaginar como você fez essa dedução. Sobre Mary Jane, ela é incorrigível, e minha esposa já a despediu. E, neste ponto, outra vez falho ao tentar compreender como descobriu isso.

Ele riu sozinho e esfregou suas longas e nervosas mãos.

– É muito simples – disse –, meus olhos me dizem que no lado interno do seu sapato esquerdo, justamente onde a luz do fogo da lareira se projeta, o couro está arranhado por seis cortes praticamente paralelos. Foram obviamente causados por alguém que muito descuidadamente raspou as laterais da sola para remover lama incrustada. Por isso, veja você, cheguei à dupla dedução de que você andou na rua sob um tempo terrível e de que tinha um exemplar particularmente ruim da criadagem destruidora de sapatos londrina. Sobre a medicina, se um cavalheiro entra em meus aposentos cheirando a iodofórmio, com uma marca negra de nitrato de prata no dedo indicador direito e uma saliência no lado da cartola, mostrando onde escondeu seu estetoscópio, eu teria que ser estúpido se não o declarasse como um ativo membro da profissão médica.

Eu não podia evitar o riso diante da facilidade com que ele explicou o seu processo de dedução:

– Quando ouço suas fundamentações – falei –, a coisa sempre parece tão ridiculamente simples que eu mesmo poderia fazer tais deduções, embora a cada passo do seu raciocínio eu fique desconcertado até que você o explique por inteiro. E assim mesmo ainda acredito que os meus olhos são tão bons quanto os seus.

– Exatamente – ele respondeu, acendendo um cigarro e jogando-se em uma poltrona. – Você vê, mas não observa. A diferença é clara. Por exemplo, você viu muitas vezes os degraus que vêm do hall até este quarto.

– Muitas.

– Quantas?

– Bem, algumas centenas de vezes.

– E quantos eles são?

– Quantos? Não sei.

– Exatamente. Você não os observou. E, mesmo assim, você os viu. Essa é justamente a questão. Sei que há dezessete degraus porque fiz as duas coisas: vi e observei. A propósito, já que demonstrou interesse nesses pequenos problemas, e já que foi gentil ao registrar por escrito uma ou duas de minhas insignificantes experiências, acho que pode estar interessado nisto.

Ele me jogou uma folha grossa de papel de carta cor-de-rosa que estava em cima da mesa.

– Veio na última remessa do correio – disse. – Leia alto.

A nota não era datada e não tinha assinatura ou endereço. Dizia:

"Visitará o senhor esta noite, às quinze para as oito, um cavalheiro que deseja consultá-lo a respeito de um assunto de urgência. Seus recentes serviços para uma das casas reais europeias mostraram que o senhor é alguém em quem se pode confiar para tratar de temas que são de alta importância.

Essas referências sobre o senhor nós temos de todas as fontes recebido. Esteja em seus aposentos, então, a essa hora, e não estranhe se seu visitante estiver usando uma máscara."

– Isto é certamente um mistério – observei. – O que imagina que significa?

– Não tenho nenhuma informação ainda. É um pecado capital teorizar antes de ter informações. Sem perceber, começa-se a distorcer os fatos para que caibam nas teorias, em vez de deixar que as teorias caibam nos fatos. Mas, voltando à nota. O que deduz a partir dela?

Examinei cuidadosamente a letra e o papel no qual fora escrita.

– O homem que a escreveu era presumivelmente próspero – sublinhei, esforçando-me para imitar os processos adotados pelo meu companheiro. – Este papel não poderia ser comprado por menos que meia coroa o pacote. É peculiarmente forte e rígido.

– Peculiar. Essa é a palavra correta – disse Holmes. – Não é, de forma nenhuma, um papel de fabricação inglesa. Levante-o contra a luz.

Fiz isso e vi um grande *E* com um pequeno *g*, um *P*, e um grande *G* com um pequeno *t* formando um padrão na textura do papel.

– O que significam essas letras? – perguntou Holmes.

– O nome do fabricante, sem dúvida. Ou melhor, o seu monograma.

– De modo nenhum. O *G* com o *t* minúsculo significam *Gesellschaft*, que é a palavra em alemão para "companhia". É uma abreviação costumeira, como a nossa "Cia." *P*, claro, significa *papier*. Agora, tratemos do *Eg*. Vamos dar uma olhada no dicionário *Continental* de termos geográficos. – Ele retirou um pesado volume marrom de sua estante. – Eglow, Eglonitz... aqui está, Egria. Fica em uma região da Boêmia onde se fala alemão, não muito longe de Carlsbad. "Conhecida como o cenário da morte de Wallenstein e pelos numerosos fabricantes de vidro e papel." Ah, meu caro, o que deduz disso? – seus olhos faiscaram, e ele aspirou de seu cigarro uma grande nuvem azul e triunfante.

– O papel foi feito na Boêmia – disse eu.

– Precisamente. E o homem que a escreveu é alemão. Note a construção peculiar da sentença: "Essas referências sobre o senhor nós temos de todas as fontes recebido". Um francês ou russo não teria escrito isso. É o alemão que é tão rude com seus verbos. Só falta descobrir, então, o que deseja esse alemão que escreve em papel da Boêmia e que prefere usar uma máscara a mostrar sua face. E aqui está ele, se não me equivoco, para resolver todas as nossas dúvidas.

Enquanto falava, ouvia-se o som agudo de cascos de cavalos e de rodas rangendo contra o fio da calçada, seguido por um toque rápido da campainha. Holmes assobiou.

– Um par, se vê pelo som – disse ele. – Sim – continuou, olhando pela janela. – Uma carruagem e um par de belos animais, de 150 guinéus cada. Há dinheiro neste caso, Watson, se não houver nada mais.

– Creio que seria melhor que eu me fosse, Holmes.

– De nenhuma forma, doutor. Fique onde está. Fico perdido sem meu Boswell. E isto promete ser interessante. Seria uma pena perdê-lo.

– Mas o seu cliente...

– Não se preocupe com ele. Posso precisar de sua ajuda, e ele também. Aí vem. Sente-se na poltrona, doutor, e conceda-nos a sua máxima atenção.

Passos lentos e pesados, que podiam ser ouvidos subindo as escadas e no corredor, pararam do lado de fora da porta. Seguiu-se então uma pancada forte e autoritária.

– Entre! – disse Holmes.

O homem que entrou dificilmente mediria menos que dois metros de altura e tinha o tórax e os membros de um Hércules. Suas vestes eram ricas, de uma riqueza que na Inglaterra seria considerada de mau gosto. Grandes tiras de astracã atravessavam as mangas e a frente de seu casaco trespassado, enquanto que a capa azul-escuro jogada sobre seus ombros era forrada de seda vermelho-fogo e presa no pescoço com um broche composto por um único berilo flamejante. Botas que iam até metade da panturrilha e que tinham as bordas do cano enfeitadas com rica pele marrom completavam a impressão de opulência bárbara que toda a sua aparência sugeria. Segurava um chapéu de abas largas na mão e usava na parte superior do rosto, chegando até abaixo das bochechas, uma máscara negra que aparentemente pusera naquele exato momento, já que sua mão ainda estava nela quando entrou. A julgar pela parte de baixo da face, parecia um homem de personalidade forte, com lábios grossos e salientes e um queixo longo e reto, que sugeria determinação aos limites da teimosia.

– Recebeu minha nota? – perguntou, com uma voz profunda e áspera marcada fortemente pelo sotaque germânico. – Eu disse que viria.

Ele olhou de um para outro, como se estivesse em dúvida sobre a quem se dirigir.

– Por favor, sente-se – disse Holmes. – Este é meu amigo e colega, doutor Watson, que ocasionalmente faz a gentileza de ajudar-me em meus casos. A quem tenho a honra de me dirigir?

– Pode me tratar como conde Von Kramm, um nobre boêmio. Presumo que este cavalheiro, seu amigo, seja um homem de honra e discrição, em quem posso confiar para tratar de um assunto da mais extrema importância. Se não for assim, eu preferiria comunicar-me com o senhor sozinho.

Levantei-me para ir, mas Holmes pegou-me pelo pulso e puxou-me de volta para a poltrona.

– Serão os dois ou nenhum – disse. – O senhor pode dizer diante deste cavalheiro tudo o que diria somente para mim.

O conde encolheu seus largos ombros.

– Então devo começar – disse ele – pedindo aos dois absoluto segredo por um período de dois anos, quando o assunto deixará de ter importância. No momento, não é exagero dizer que é de tal monta que pode influenciar a história da Europa.

– Prometo – disse Holmes.

– Eu também.

– Desculpe-me a máscara – continuou nosso estranho visitante. – A augusta pessoa que me contratou deseja que seu agente permaneça desconhecido para vocês, e devo confessar que o título pelo qual me apresentei há pouco não é exatamente o meu.

– Eu já estava ciente disso – disse Holmes, secamente.

– As circunstâncias são muito delicadas, e todas as precauções precisam ser adotadas para sufocar o que pode até tornar-se um imenso escândalo que comprometeria seriamente uma das famílias reais europeias. Falando claramente, o tema envolve a grande Casa de Ormstein, dos reis hereditários da Boêmia.

– Disso eu também estava ciente – murmurou Holmes, afundando-se na poltrona e fechando os olhos.

Nosso visitante fitou com aparente surpresa a lânguida e reclinada figura do homem que lhe havia sido descrito como o mais incisivo dedutor e mais ativo agente de toda Europa. Holmes lentamente reabriu os olhos e olhou com impaciência para o seu cliente gigante.

– Se Vossa Majestade condescendentemente expuser o seu caso – sublinhou ele –, terei mais facilidade para aconselhá-lo.

O homem saltou da cadeira e andou de um lado para outro da sala em uma agitação incontrolável. Então, num gesto de desespero, arrancou a máscara e atirou-a no chão.

– O senhor está certo – gritou ele. – Sou o rei. Por que tentar ocultar isso?

– Sim, por quê? – murmurou Holmes. – Vossa Majestade ainda não havia aberto a boca quando percebi que meu interlocutor era Wilhelm Gottsreich Sigismond Von

Ormstein, grão-duque de Cassel-Falstein e rei hereditário da Boêmia.

– Mas o senhor entende – disse nosso estranho visitante, sentando-se outra vez e passando a mão sobre a testa alta e branca – que não estou acostumado a tratar desses assuntos pessoalmente. O tema, no entanto, era tão delicado que não era possível confiá-lo a um agente sem colocar-me à sua mercê. Vim incógnito de Praga com o propósito de fazer-lhe uma consulta.

– Então, faça – disse Holmes, fechando os olhos novamente.

– Os fatos são, resumidamente, os seguintes: há cerca de cinco anos, durante uma longa visita a Varsóvia, conheci a famosa aventureira Irene Adler. O nome lhe é sem dúvida familiar.

– Faça a gentileza de localizá-la no meu fichário, doutor – murmurou Holmes, sem abrir os olhos.

Por muitos anos ele adotou o sistema de resumir parágrafos sobre homens e coisas, de modo que era difícil citar um tema ou pessoa sobre o qual não pudesse obter informações imediatamente. Neste caso, encontrei a biografia dela entre a de um rabino hebreu e a de um comandante que havia escrito uma monografia sobre peixes de águas profundas.

– Deixe-me ver – disse Holmes. – Hum! Nascida em Nova Jersey em 1858. Contralto – hum! La Scala – hum! *Prima donna* na Ópera Imperial de Varsóvia – sim! Afastada do mundo da ópera – ah! Vivendo em Londres – exatamente! Vossa Majestade, pelo que entendo, envolveu-se com essa pessoa jovem, escreveu para ela algumas cartas comprometedoras e agora deseja obtê-las de volta.

– Exatamente. Mas como...

– Houve um casamento secreto?

– Não.

– Nenhum papel oficial nem certificados?

– Nenhum.

– Então não consigo entender Vossa Majestade. Se

essa jovem houvesse produzido ela mesma as cartas com o propósito de fazer chantagem ou qualquer outra coisa, como provaria a autenticidade delas?

– Elas foram escritas à mão.

– Bobagem! Falsificação!

– Meu papel de carta particular.

– Roubado.

– Meu selo.

– Imitado.

– Minha fotografia.

– Comprada.

– Aparecemos juntos na fotografia.

– Oh, meu Deus. Isso é muito ruim. Vossa Majestade realmente cometeu uma indiscrição.

– Eu estava louco. Insano.

– Comprometeu-se seriamente.

– Eu era apenas o príncipe, então. Era jovem. Tenho trinta anos agora.

– Ela deve ser recuperada.

– Tentamos e falhamos.

– Vossa Majestade deve pagar. Deve ser comprada.

– Ela não venderá.

– Roubada, então.

– Cinco tentativas já foram feitas. Dois arrombadores pagos por mim fizeram uma busca na casa dela. Em uma das vezes, desviamos sua bagagem quando ela viajou. Por duas vezes, foi assaltada. Não houve resultado.

– Nem sinal?

– Absolutamente nenhum.

Holmes riu.

– É realmente um belo probleminha – disse.

– Mas muito sério para mim – respondeu o rei, desaprovando-o.

– Muito, realmente. E o que ela pretende com a fotografia?

– Arruinar-me.

– Mas como?

– Estou prestes a casar.

– Foi o que ouvi.

– Com Clotilde Lothman von Saxe-Meningen, segunda filha do rei da Escandinávia. O senhor deve conhecer os princípios estritos da família dela. Ela é a personificação da delicadeza. Qualquer sombra de dúvida sobre a minha conduta daria fim ao casamento.

– E Irene Adler?

– Ameaça enviar a fotografia a eles. E o fará. Eu sei que fará. O senhor não a conhece, mas ela possui uma alma de aço. Tem o rosto da mais bela das mulheres e a cabeça do mais determinado dos homens. Não há limites que não possa ultrapassar para que eu não me case com outra mulher.

– Tem certeza de que ela ainda não a enviou?

– Tenho certeza.

– E por quê?

– Porque ela disse que a enviaria no dia em que o noivado fosse anunciado publicamente. Isso ocorrerá na próxima segunda-feira.

– Oh, então temos ainda três dias – disse Holmes, com um bocejo. – Isso é muito bom, já que eu tenho um ou dois assuntos importantes para tratar no momento. Vossa Majestade, é claro, ficará em Londres, por enquanto?

– Certamente. O senhor me encontrará no Langham, sob o nome de conde Von Kramm.

– Então lhe escreverei para que saiba como estamos progredindo.

– Por favor, faça isso. Ficarei ansioso.

– E a respeito de dinheiro?

– O senhor tem *carte blanche*.

– Completamente?

– Saiba que eu daria uma das províncias de meu reino para obter essa fotografia.

– E para as despesas de agora?

O rei tirou uma pesada bolsa de camurça de dentro de seu manto e pôs sobre a mesa.

– Há trezentas libras em ouro e setecentas em notas – disse.

Holmes rabiscou um recibo em uma folha do seu livro de notas e entregou-o a ele.

– E o endereço da *mademoiselle*? – perguntou.

– Briony Lodge, Serpentine Avenue, St. John's Wood.

Holmes tomou nota.

– Uma outra questão – disse. – Era um retrato feito em estúdio?

– Sim, era.

– Então, boa noite, Majestade. Estou seguro de que em breve teremos boas notícias. E boa noite, Watson – acrescentou, enquanto as rodas da carruagem real rodavam rua abaixo. – Se fizer a gentileza de ligar amanhã de manhã, às três horas, debaterei esse pequeno tema com você.

II

Precisamente às três horas eu estava em Baker Street, mas Holmes ainda não havia retornado. A senhoria informou-me que saíra de casa pouco depois das oito da manhã. Sentei ao lado do fogo com a intenção de esperá-lo, não importava o quanto demorasse. Já estava profundamente interessado na sua investigação porque, embora não estivesse cercada por nenhuma das horripilantes e estranhas características dos dois outros crimes que eu já havia relatado, ainda assim a natureza do caso e a importância do seu cliente conferiam à história um caráter único. Na verdade, além da natureza da investigação que meu amigo tinha em mãos, havia também algo na sua maneira magistral de dominar uma situação e na sua afiada, precisa dedução, que faziam com que fosse um prazer para mim estudar seu sistema de trabalho e acompanhar os rápidos e sutis métodos com os quais ele destrinchava os mais intrincados mistérios. Estava tão acostumado ao seu invariável sucesso que a possibilidade de ele que falhasse deixara de existir na minha mente.

Já eram quase quatro horas quando a porta se abriu e entrou um cavalariço com aparência de bêbado, sujo, barbado, com o rosto afogueado e as roupas horríveis. Embora eu estivesse acostumado com os incríveis poderes de meu amigo no uso dos disfarces, tive que olhar três vezes antes de ter certeza de que era realmente ele. Com um cumprimento de cabeça, desapareceu dentro do quarto de dormir, de onde emergiu em cinco minutos vestindo um traje de *tweed* e com a habitual aparência respeitável. Colocando as mãos nos bolsos, esticou as pernas em frente ao fogo e riu com vontade por alguns minutos.

– Bem, realmente! – disse, e engasgou-se. Então começou novamente a rir até que foi obrigado a recostar-se na poltrona, sem forças.

– O que foi?

– É muito engraçado. Estou certo de que você nunca adivinharia como passei minha manhã, ou o que acabei fazendo.

– Não posso imaginar. Suponho que andou observando os hábitos e, talvez, a casa da senhorita Irene Adler.

– De fato, mas a consequência disso foi um bocado incomum. Vou narrá-la. Saí de casa um pouco depois das oito, nesta manhã, disfarçado como um cavalariço desempregado. Há uma fantástica solidariedade e companheirismo entre os homens que tratam de cavalos. Seja um deles e ficará sabendo de tudo o que precisa saber. Achei Briony Lodge com facilidade. É uma bonita casa de veraneio com um jardim nos fundos, construída na frente do terreno, junto à estrada, com dois pavimentos. Fechadura de segurança na porta. Uma grande sala de estar à direita, bem mobiliada, com altas janelas que vão quase até o chão e aquelas ridículas trancas de janela inglesas que até uma criança conseguiria abrir. Na parte de trás não havia nada mais que merecesse atenção, além do fato de que a janela do corredor pode ser alcançada do teto do estábulo. Fiz a volta na casa e examinei-a cuidadosamente sob todos os pontos de vista, mas sem notar mais nada que pudesse ser interessante.

"Então desci vagarosamente a rua e descobri, como já imaginava, que havia uma cavalariça em uma viela que corre ao longo de um dos muros do jardim. Ajudei os cavalariços a escovarem seus animais e recebi como recompensa dois cêntimos, uma caneca de *half-and-half**, duas porções de tabaco vagabundo e todas as informações que pudesse desejar sobre *miss* Adler, além de relatos sobre meia dúzia de outras pessoas da vizinhança sobre as quais não estava nem um pouco interessado, mas cujas biografias fui obrigado a conhecer."

– E Irene Adler? – perguntei.

– Oh, ela virou a cabeça de todos os homens da região. É a coisa mais deliciosa que usa chapéu encontrada neste planeta. Isso é o que dizem os cavalariços de Serpentine, para um homem. Ela vive discretamente, canta em concertos, sai às cinco todos os dias e retorna exatamente às sete para o jantar. Raramente sai em outros horários, exceto quando canta. Tem somente um visitante do sexo masculino, mas que aparece regularmente. Ele é moreno, bonito e enérgico. Nunca aparece menos que uma vez por dia e, frequentemente, duas. Chama-se senhor Godfrey Norton e é advogado do Inner Temple. Veja as vantagens de ter um cavalariço como confidente. Eles já o levaram das cavalariças Serpentine para casa uma dúzia de vezes e sabem tudo sobre ele. Depois de ouvir o que contaram, comecei a caminhar para um lado e para outro perto de Briony Lodge outra vez, planejando minha estratégia.

"Esse Godfrey Norton era evidentemente um importante fator no caso. Era um advogado. Isso parecia ameaçador. Qual era a relação entre eles e qual o objeto de suas

* Mistura meio a meio de cerveja clara e escura. (N. T.)

repetidas visitas? Era ela sua cliente, sua amiga ou sua amante? Se fosse o primeiro, teria provavelmente transferido a fotografia para o seu poder. Se fosse o último, isso seria mais improvável. Dessa questão dependia a decisão sobre continuar meu trabalho em Briony Lodge ou voltar minha atenção para os aposentos do cavalheiro no Inner Temple. Era um ponto delicado, que aumentou o campo da minha investigação. Temo chateá-lo com esses detalhes, mas devo mostrar minhas pequenas dificuldades para que você entenda a situação."

– Estou seguindo o seu relato – respondi.

– Eu ainda pesava os fatos em minha mente quando um cabriolé de aluguel entrou em Briony Lodge e um cavalheiro saiu de dentro dele. Era um homem extremamente bonito, moreno, nariz aquilino e usava bigode – evidentemente, o homem sobre quem eu ouvira falar. Parecia estar com muita pressa, gritou para o cocheiro que esperasse e passou pela criada que abriu a porta com o ar de alguém que se sentia verdadeiramente em casa.

"Ele ficou lá meia hora, e eu conseguia vê-lo de relance nas janelas da sala de estar, andando de um lado para outro, falando excitadamente e sacudindo os braços. Dela eu não podia ver nada. Em seguida, ele saiu, parecendo ainda mais agitado que antes. Enquanto subia no cabriolé, puxou um relógio de ouro do bolso e olhou-o com veemência.

"– Vá rápido como o diabo – gritou –, primeiro para Gross and Hankey's, na Regent Street, e depois para a igreja de Santa Mônica, na Edgware Road. Pago meio guinéu se fizer esse percurso em vinte minutos.

"Lá foram eles, e eu ainda estava pensando se deveria ou não segui-los, quando entrou na cavalariça um elegante e pequeno landau, com um cocheiro de casaco meio abotoado, a gravata sobre o ombro e as cintas dos arreios para fora das fivelas. Ele ainda não havia parado quando ela saiu pela porta da casa e entrou na carruagem. Eu a vi apenas de relance naquele momento, mas era uma mulher adorável, com um rosto pelo qual um homem poderia enlouquecer.

"– A igreja de Santa Mônica, John – gritou ela –, e meia libra se você chegar lá em vinte minutos.

"Isso era bom demais para perder, Watson. Eu ainda estava considerando se a melhor opção era correr ou então me pendurar na parte traseira do landau, quando outro cabriolé de aluguel veio pela rua. O cocheiro olhou duas vezes a figura maltrapilha, mas eu saltei dentro do veículo antes que ele dissesse qualquer coisa. 'A igreja de Santa Mônica', disse eu, 'e meia libra se você chegar em vinte minutos.' Faltavam 25 minutos para o meio-dia, e era suficientemente claro o que estava para acontecer.

"Meu cocheiro foi rápido. Não lembro de ter andado mais rápido na vida, mas os outros chegaram lá antes de nós. O cabriolé e o landau e os seus acalorados cavalos estavam diante da porta quando cheguei. Paguei o homem e corri para dentro da igreja. Não havia ninguém lá além dos dois que eu havia seguido e um clérigo de sobrepeliz, que parecia admoestá-los. Os três estavam em pé diante do altar. Caminhei lentamente pela aleia lateral como um vagabundo qualquer que houvesse entrado numa igreja. De repente, para minha surpresa, os três no altar olharam para mim, e Godfrey Norton veio correndo o mais rápido que pôde em minha direção.

"– Graças a Deus – gritou ele. –Você servirá. Venha! Venha!

"– Para quê? – perguntei.

"– Venha, homem, venha, só por três minutos, ou não será considerado legal.

"Fui meio arrastado para o altar e, antes que soubesse onde estava, me vi murmurando respostas que eram sussurradas em meu ouvido, atestando coisas sobre as quais não sabia nada e, em resumo, ajudando no enlace de Irene Adler, solteira, com Godfrey Norton, solteiro. Foi tudo feito em um instante, e logo em seguida o cavalheiro me agradecia de um lado e a dama do outro, enquanto o clérigo sorria na minha frente. Foi a situação mais absurda em que me vi na vida, e a lembrança disso me fez rir agora há pouco. Parece que houve alguma informalidade na licença de casamento, e o clérigo se recusou completamente a casá-los sem algum tipo de testemunha, e a minha conveniente aparição poupou o noivo de ter de ir procurar um padrinho nas ruas. A noiva me deu uma libra e pretendo usá-la pendurada à corrente do relógio como lembrança da ocasião."

– Foi realmente uma inesperada reviravolta nos fatos – disse eu. – E o que aconteceu depois?

– Bem, vi que meus planos estavam seriamente ameaçados. Julguei que o casal partiria imediatamente, e por isso precisava tomar medidas imediatas e enérgicas. Na porta da igreja, no entanto, se separaram, e ele foi para o Temple, e ela para casa. "Devo ir para o parque às cinco, como de hábito", disse ela ao deixá-lo. Não ouvi nada mais. Eles tomaram diferentes direções, e eu saí para tomar minhas providências.

– Que são?

– Um pouco de carne fria e um copo de cerveja – respondeu ele, tocando o sino. – Estive muito ocupado para pensar em comida, e provavelmente estarei ainda mais ocupado esta noite. A propósito, doutor, gostaria de sua cooperação.

– Com prazer.

– Não se importa de violar a lei?

– De modo algum.

– Nem mesmo correndo o risco de ser preso?

– Não, se for por uma boa causa.

– Oh, a causa é excelente!

– Então sou o homem de que precisa.

– Eu tinha certeza de que podia contar com você.

– Mas o que deseja?

– Depois que a senhora Turner trouxer a bandeja,

esclarecerei tudo. Agora – disse ele, enquanto se voltava, faminto, para a refeição simples que a nossa senhoria havia providenciado –, preciso tratar do assunto enquanto como, pois não tenho muito tempo. Já são quase cinco. Em duas horas, deveremos estar no local da ação. A senhorita Irene, ou senhora, volta de seu passeio às sete. Deveremos estar em Briony Lodge para encontrá-la.

– E então?

– Deixe isso comigo. Já tomei providências pensando no que vai acontecer. Só há um ponto no qual devo insistir. Você não deve interferir, ocorra o que ocorrer. Entende?

– Devo ser neutro?

– Não deve fazer nada. Provavelmente haverá algum pequeno aborrecimento. Não se envolva. No final, deverei ser conduzido para dentro da casa. Quatro ou cinco minutos depois, a janela da sala de estar se abrirá. Você deverá se postar perto dessa janela aberta.

– Sim.

– E, quando eu levantar a mão assim, você jogará para dentro da sala o que eu lhe der para jogar e, ao mesmo tempo, gritará que há um incêndio. Está me acompanhando?

– Inteiramente.

– Não é nada que requeira muito esforço – disse, tirando do bolso um rolo longo com o formato de um charuto. – É um foguete de fumaça comum, de encanador, com uma cápsula explosiva em cada ponta e que se acende sozinha. Sua tarefa é só essa. Quando gritar dando o alarme de incêndio, atrairá um bom número de pessoas. Então deverá caminhar até o fim da rua, e eu me juntarei a você em dez minutos. Fui claro?

– Devo permanecer neutro, ficar próximo da janela, observá-lo e, dado o sinal, jogar esse objeto, e então dar o alarme de incêndio e esperá-lo na esquina.

– Precisamente isso.

– Então pode contar inteiramente comigo.

– Isso é excelente. Creio que já é a hora de me preparar para o novo papel que preciso desempenhar.

Ele desapareceu dentro do quarto e voltou em poucos minutos disfarçado como um pastor não conformista, amável e simplório. Seu chapéu preto de abas largas, calças amplas, gravata branca, o sorriso simpático e a aparência geral de curiosidade benevolente eram tais que somente o senhor John Hare* poderia se igualar. O que Holmes fizera não era apenas uma mudança de roupas. Sua expressão, seus gestos e mesmo a sua alma pareciam mudar com cada um dos papéis que assumia. O palco perdera um grande ator, assim como a ciência perdera um dedutor preciso quando ele decidira se tornar um especialista no crime.

Passava um quarto das seis horas quando deixamos Baker Street, e ainda faltavam dez minutos para as sete quando nos vimos na Serpentine Avenue. Já anoitecia, e as lâmpadas estavam sendo acesas enquanto passávamos de um lado para outro diante de Briony Lodge, esperando pela chegada de sua moradora. A casa era justamente como eu imaginara pela descrição sucinta de Holmes, mas o local parecia menos tranquilo do que eu esperava. Pelo contrário. Para uma rua pequena de um bairro quieto, era surpreendentemente movimentada. Havia um grupo de homens malvestidos fumando e rindo em uma esquina, um amolador de facas com sua roda, dois guardas flertando com uma enfermeira e vários homens bem-vestidos que andavam vagarosamente para cima e para baixo com charutos na boca.

– Perceba – sublinhou Holmes enquanto passávamos diante da casa – que esse casamento simplifica as coisas. A fotografia se torna uma faca de dois gumes agora. O mais provável é que ela tenha tanto medo de que seja vista pelo senhor Godfrey Norton quanto o nosso cliente de que ela caia nas mãos da sua princesa. Agora a questão é: onde acharemos a fotografia?

– Onde, de fato?

---

* Ator britânico conhecido no final do século XIX como o maior especialista de Londres em caracterização de personagens. (N. T.)

– É improvável que a carregue consigo. É uma fotografia grande. Grande demais para ser facilmente oculta sob um vestido. Ela sabe que o rei é capaz de dar um jeito para que ela seja assaltada e revistada. Duas tentativas desse tipo já foram feitas. Por isso, podemos concluir que não carrega a fotografia consigo.

– Onde, então?

– Está com seu banqueiro ou seu advogado. Há essa dupla possibilidade. Mas estou inclinado a pensar que não está nem com um nem com outro. As mulheres são por natureza cheias de segredos e gostam de guardar elas mesmas os seus segredos. Por que daria a fotografia para outra pessoa? Ela pode confiar na sua habilidade para guardá-la, mas não pode prever que influências indiretas ou políticas um homem de negócios pode sofrer. Além do mais, lembre-se de que havia decidido usá-la dentro de poucos dias. Deve estar em um local onde possa pegá-la. Provavelmente na própria casa.

– Mas a casa já foi arrombada duas vezes.

– Bobagem! Eles não sabiam como procurar.

– Mas como você vai procurar?

– Não vou procurar.

– O que acontecerá, então?

– Farei com que ela me mostre.

– Mas ela vai se recusar.

– Ela não poderá fazer isso. Mas ouço o ranger de rodas. É a carruagem dela. Agora, siga minhas ordens à risca.

Enquanto falava, as luzes de uma carruagem brilharam na curva da avenida. Era um landau pequeno e bonito que se sacudiu até a porta de Briony Lodge. Quando estava parando, um dos vagabundos da esquina saltou para abrir a porta, na esperança de ganhar uma moeda, mas foi acotovelado por outro que havia se adiantado também, com a mesma intenção. Seguiu-se uma feroz discussão, alimentada pelos dois guardas, que davam razão a um dos vagabundos, e pelo amolador de facas, que defendia apaixonadamente o outro lado. Soou uma bofetada, e em um instante a senhora, que havia descido da carruagem, estava no centro de um círculo de homens que se agrediam uns aos outros com socos e pontapés. Holmes entrou na confusão para proteger a dama, mas, quando conseguiu chegar até ela, deu um grito e caiu no chão, com bastante sangue correndo pela face. Com a queda, os guardas fugiram em uma direção, e os vagabundos na outra, enquanto um bom número de pessoas bem-vestidas que haviam assistido à briga sem interferir se adiantou para ajudar a dama e atender o homem ferido. Irene Adler, como eu ainda a chamarei, havia subido correndo os degraus, mas parou no topo, com a sua soberba silhueta delineada pelas luzes do hall, olhando para a rua.

– O pobre cavalheiro está muito ferido? – perguntou ela.

– Está morto – gritaram várias vozes.

– Não, não, ainda está vivo – gritou outra. – Mas morrerá antes que possa chegar ao hospital.

– Ele é corajoso – disse uma mulher. – Eles poderiam ter levado a bolsa e o relógio da dama se não fosse por ele. Era uma gangue, e das violentas. Ah, está respirando agora.

– Ele não pode ficar jogado na rua. Podemos levá-lo para dentro, madame?

– Certamente. Tragam-no para a sala de estar. Há um sofá confortável. Por aqui, por favor!

Vagarosa e solenemente, foi carregado para dentro de Briony Lodge e deitado no salão principal, enquanto eu cumpria as minhas instruções, parado no meu posto ao lado da janela. As lâmpadas foram acesas, mas não fecharam as cortinas, de modo que eu podia ver Holmes deitado sobre o sofá. Não sei se ele foi atingido por algum remorso naquele momento por causa do papel que desempenhava, mas sei que nunca na vida me senti mais profundamente envergonhado do que quando vi a bela criatura contra quem estava conspirando e a graça e carinho com que atendia o homem ferido. No entanto, seria a pior das traições contra Holmes desistir da tarefa que me havia confiado. Endureci meu coração e tirei o foguete de fumaça de dentro do meu casaco. Afinal, pensei, não estamos fazendo mal a ela. Estamos evitando que ela faça a outros.

Holmes havia se sentado no sofá, e o vi mover-se como se estivesse com falta de ar. Uma criada apressou-se em abrir a janela. No mesmo instante, ele levantou a mão, e, com o sinal, atirei o foguete dentro da sala com o grito de "Fogo!". O alerta mal saiu da minha boca, e a multidão de espectadores, bem e malvestidos – cavalheiros, cavalariços e empregadas – juntou-se a mim num grito conjunto de "Fogo!". Grossas nuvens de fumaça espalharam-se pela sala e saíram pela janela aberta. Vi silhuetas correndo e, momentos depois, a voz de Holmes lá dentro, assegurando que era um alarme falso. Esgueirando-me através da multidão que gritava, dirigi-me à esquina e, em dez minutos, alegrei-me ao sentir o braço do meu amigo enlaçar o meu, ao me afastar da cena do tumulto. Ele caminhou rapidamente e em silêncio por alguns minutos, até entrar em uma das tranquilas ruas que levam à Edgware Road.

– Você fez tudo muito bem, doutor – sublinhou ele. – Não poderia ter sido melhor. Está tudo bem.

– Você tem a fotografia!

– Sei onde está.

– E como a encontrou?

– Ela me mostrou, como eu disse que faria.

– Ainda não entendo.

– Não quero fazer disso um mistério – disse ele, rindo. – Foi muito simples. Você percebeu, é claro, que todo mundo na rua era cúmplice. Todos foram contratados para atuar nesta noite.

– Até aí eu havia entendido.

– Quando a briga estourou, eu tinha um pouco de tinta vermelha fresca na palma da mão. Eu me adiantei, caí, levei a mão à face e tornei-me uma vítima. É um velho truque.

– Isso eu também supus.

– Então me carregaram para dentro. Ela foi obrigada a me receber. O que mais poderia fazer? E fui levado para a sala de estar, que era um dos aposentos dos quais suspeitava. Eu tinha dúvidas entre a sala de estar e o quarto dela, e precisava ver em qual estava. Eles me deitaram num sofá, eu pedi ar fresco, correram a abrir a janela, e você teve a sua oportunidade.

– E como isso o ajudou?

– Foi o mais importante. Quando uma mulher pensa que sua casa está pegando fogo, seu instinto imediato é correr para a coisa mais valiosa que possui. É um impulso dominador, e eu já tirei vantagem disso mais de uma vez. Foi útil no caso do escândalo de Darlington, e também no do castelo Arnsworth. Uma mulher casada se agarra ao seu bebê – assim como uma solteira corre para sua caixa de joias. Estava claro para mim que a nossa dama não tinha nada na casa mais precioso do que o objeto que perseguimos. Ela se apressaria para protegê-lo. O alarme de incêndio foi dado admiravelmente. A fumaça e a gritaria foram suficientes para abalar nervos de aço. Ela reagiu perfeitamente. A fotografia está em um nicho atrás de um painel deslizante, justo acima do cordão direito da campainha. Ela foi para lá num instante, e vi a fotografia num relance quando a retirava do lugar. Quando gritei que era um alarme falso, recolocou-a, viu o foguete, saiu correndo da sala e não a vi desde então. Ergui-me e, pedindo desculpas, escapei da casa. Hesitei sobre se deveria ou não me apossar da fotografia de uma vez, mas o cocheiro havia entrado, e como me olhava fixamente, pareceu-me mais seguro esperar. Uma pequena precipitação poderia arruinar tudo.

– E agora? – perguntei.

– Nosso caso está praticamente encerrado. Virei com o rei amanhã, e com você, se desejar vir conosco. Seremos levados à sala de estar para esperar a dama, mas é possível que, ao aparecer, ela não encontre nem a nós nem à fotografia.

Será provavelmente uma satisfação para Vossa Majestade recuperá-la com suas próprias mãos.

– E quando você virá?

– Às oito da manhã. Ela não terá levantado ainda, e isso deixará o campo livre. De qualquer maneira, devemos ficar atentos, porque o casamento pode significar uma completa mudança na sua vida e hábitos. Devo telegrafar para o rei sem demora.

Havíamos chegado a Baker Street e estávamos parados diante da porta. Ele procurava a chave nos bolsos quando alguém que passava disse:

– Boa noite, senhor Sherlock Holmes.

Havia muitas pessoas na calçada àquela hora, mas a saudação parecia ter vindo de um jovem magro de casaco longo que passou apressadamente.

– Já ouvi essa voz – disse Holmes, olhando para a rua fracamente iluminada. – Me pergunto quem terá sido.

III

Dormi em Baker Street naquela noite, e nos dedicávamos a comer torradas e a tomar café quando o rei da Boêmia entrou apressadamente na sala.

– Você está com ela! – gritou, pegando Holmes pelos ombros e olhando avidamente para o seu rosto.

– Ainda não.

– Mas tem esperanças?

– Tenho esperanças.

– Então vamos. Estou muito impaciente.

– Precisamos de um carro de aluguel.

– Não, minha carruagem está esperando.

– Isso simplificará as coisas.

Nós descemos e nos dirigimos mais uma vez para Briony Lodge.

– Irene Adler casou-se – contou Holmes.

– Casou-se! Quando?

– Ontem.

– Mas com quem?

– Com um advogado inglês chamado Norton.

– É possível que ela não o ame?

– Espero que ela o ame.

– E por quê?

– Porque isso poupará Vossa Majestade do temor de incomodações futuras. Se a dama ama o marido, ela não ama Vossa Majestade. Se ela não ama Vossa Majestade, não há razão para que interfira nos vossos planos.

– É verdade. E ainda assim... Bem! Eu gostaria que ela tivesse a minha posição social. Que rainha teria sido! – Ele mergulhou em um silêncio que não foi quebrado até que entrássemos na Serpentine Road.

A porta de Briony Lodge estava aberta, e uma mulher mais velha estava parada nos degraus. Ela nos fitou com frieza enquanto saíamos da carruagem.

– Senhor Sherlock Holmes, eu suponho? – disse ela.

– Sou o senhor Holmes – respondeu meu companheiro, fitando-a com um olhar surpreso e questionador.

– Não me diga! Minha senhora disse que o senhor provavelmente viria. Ela partiu de Charing Cross com o seu marido no trem das 5h15, em direção ao continente.

– Como? – Sherlock Holmes titubeou, branco de irritação e de surpresa. – A senhora quer dizer que ela deixou a Inglaterra?

– Para nunca mais voltar.

– E os documentos? – rugiu o rei. – Tudo está perdido.

– Veremos. – Holmes empurrou a criada e entrou correndo na sala de estar, seguido pelo rei e por mim. A mobília estava espalhada pelo aposento, com prateleiras desmontadas e gavetas abertas, como se a dama as houvesse saqueado antes da partida. Holmes correu para o cordão da campainha, puxou violentamente uma porta deslizante e, metendo a mão dentro do vão, tirou uma fotografia e uma carta. A fotografia era de Irene Adler em vestido de noite e a carta estava endereçada para "Sherlock Holmes. Para quando ele a procure". Meu amigo rasgou o envelope e nós três a lemos juntos. Fora datada à meia-noite do dia anterior e dizia:

"Meu querido senhor Sherlock Holmes, o senhor realmente fez tudo muito bem. Enganou-me completamente. Até depois do alarme de incêndio, eu não tinha nenhuma suspeita. Mas, quando percebi que eu havia me traído, comecei a pensar. Fui avisada sobre o senhor há meses. Disseram-me que, se o rei contratasse alguém, seria o senhor. E o seu endereço me foi dado. E, ainda assim, o senhor fez-me revelar o que desejava saber. Mesmo depois que minhas suspeitas surgiram, pareceu-me difícil pensar mal de um velho sacerdote tão gentil. Mas, o senhor sabe, eu também fui treinada para ser atriz. Um disfarce masculino não é nenhuma novidade para mim, e eu frequentemente tiro vantagem da liberdade que ele dá. Mandei John, o cocheiro, vigiá-lo, corri para cima, coloquei minhas roupas de caminhada, como as chamo, e desci justamente quando o senhor partia.

"Bem, segui-o até a porta dessa casa e assim certifiquei-me de que realmente havia me tornado objeto de interesse do celebrado senhor Sherlock Holmes. Então, talvez imprudentemente, desejei-lhe boa noite e dirigi-me ao Temple para encontrar meu marido.

"Nós dois concluímos que a melhor saída seria fugir diante da perseguição de tão formidável adversário. Por isso, encontrará o esconderijo vazio quando vier amanhã. A respeito da fotografia, seu cliente pode ficar tranquilo. Eu amo e sou amada por um homem melhor que ele. O rei pode fazer o que quiser sem pensar em qualquer obstáculo imposto por aquela que ele tão cruelmente feriu. Mantenho a fotografia apenas para me proteger contra qualquer iniciativa que ele possa tomar no futuro. Deixo uma fotografia que ele talvez goste de ter e permaneço, querido senhor Sherlock Holmes, sinceramente sua,

"Irene Norton, *née** Adler."

– Que mulher, oh, que mulher! – gemeu o rei da Boêmia depois que nós três havíamos lido a carta. – Eu não lhe disse o quão rápida e decidida ela era? Não teria sido uma rainha admirável? Não é uma pena que não estivesse à altura da minha posição?

– Pelo que vi, ela ocupa realmente uma posição bastante distinta da de Vossa Majestade – disse Holmes friamente. – Peço desculpas por não ter conseguido resolver vosso problema de maneira mais exitosa.

– Pelo contrário, meu caro senhor – respondeu o rei. – Nada poderia ser mais exitoso. Eu sei que a palavra dela é sólida. A fotografia agora está tão a salvo quanto estaria no fogo.

– Alegro-me de ouvir essas palavras de Vossa Majestade.

– Tenho um imenso débito com o senhor. Peço que me diga como posso recompensá-lo. Este anel... – tirou um anel de esmeralda em forma de serpente do dedo e colocou-o na palma da mão.

– Vossa Majestade possui algo a que eu daria ainda mais valor – disse Holmes.

– O senhor não precisa fazer nada além de dizer o que é.

– Essa fotografia!

O rei olhou para ele espantado.

– A fotografia de Irene! – gemeu. – Certamente, se a deseja.

– Agradeço a Vossa Majestade. Com isso, este caso está encerrado. Tenho a honra de desejar-lhe um excelente dia – ele se curvou e, virando-se sem perceber a mão que

* *Nascida*. Em francês, no original. Referência ao nome de solteira de uma mulher. (N. T.)

o rei lhe estendia, partiu em minha companhia para seus aposentos.

E foi assim que um grande escândalo ameaçou afetar o reino da Boêmia, e que os melhores planos do senhor Sherlock Holmes foram frustrados pela sagacidade de uma mulher. Ele costumava zombar da inteligência das mulheres, mas não o ouvi mais fazê-lo. E quando fala sobre Irene Adler, ou quando se refere à sua fotografia, é sempre usando o título honorífico de *a* mulher.

A Liga dos Cabeça-Vermelha

Fui visitar meu amigo, senhor Sherlock Holmes, num dia do outono do ano passado, e encontrei-o numa profunda conversa com um robusto e idoso cavalheiro de faces rosadas e cabelo vermelho-fogo. Pedindo desculpas por minha intromissão, eu estava a ponto de me retirar quando Holmes me puxou abruptamente para dentro da sala e fechou a porta atrás de mim.

– Você não poderia ter chegado em melhor hora, meu querido Watson – disse ele cordialmente.

– Temi que você estivesse ocupado.

– Estou, e muito.

– Então posso esperar na outra sala.

– De maneira nenhuma. Senhor Wilson, este cavalheiro foi meu companheiro e ajudante em muitos de meus casos mais bem-sucedidos, e não tenho dúvidas de que será de inestimável ajuda no seu também.

O robusto cavalheiro ergueu-se levemente da cadeira e fez um gesto de cumprimento com uma expressão interrogativa nos pequenos olhos rodeados de gordura.

– Sente-se no divã – disse Holmes, recostando-se na poltrona e juntando as pontas dos dedos, como fazia quando pensava sobre um caso. – Eu sei, meu querido Watson, que você partilha meu amor por tudo o que é bizarro e foge da convencional e tediosa rotina do dia a dia. Você demonstrou isso no entusiasmo com que relatou e, se me permite dizê-lo, de algum modo embelezou tantas de minhas pequenas aventuras.

– Seus casos foram realmente do maior interesse para mim – observei.

– Você se lembrará que eu comentei no outro dia, justo antes de nos dedicarmos ao problema muito simples apresentado pela senhorita Mary Sutherland, que, para a compreensão de estranhos acontecimentos e combinações extraordinárias, nós devemos voltar-nos para a vida real, que é sempre de longe mais desafiadora do que qualquer manifestação da imaginação.

– Um raciocínio do qual me permiti duvidar.

– Você duvidou, doutor, mas mesmo assim deve levar em conta meu ponto de vista, ou terei que continuar empilhando prova em cima de prova até que a sua razão ceda sob o peso delas e mostre que estou certo. Bem, o senhor Jabez Wilson fez a gentileza de vir até aqui nesta manhã e estava começando a contar uma história que promete ser uma das mais singulares que terei ouvido por um bom tempo. Você me ouviu dizer que as coisas mais estranhas e únicas estão muitas vezes conectadas não com os maiores, mas com os menores crimes, e, às vezes, de fato, há até dúvidas se algum crime foi realmente cometido. Pelo que ouvi até agora, é impossível para mim dizer até mesmo se o presente caso se refere a um crime ou não, mas o curso dos acontecimentos está sem dúvida entre os mais singulares de que eu já ouvi falar. Talvez, senhor Wilson, o senhor devesse ter a gentileza de recomeçar a sua narrativa. Eu lhe peço isso não só porque o meu amigo doutor Watson não ouviu a primeira parte, mas também porque as peculiaridades da história me deixam ansioso para absorver cada detalhe que possa sair de seus lábios. Normalmente, quando eu já ouvi o suficiente para ter uma ideia de qual será o rumo dos acontecimentos, consigo me guiar levando em conta os milhares de outros casos similares que me vêm à memória. Neste, sou forçado a admitir que os fatos são únicos.

O corpulento cliente encheu o peito aparentando um certo orgulho e tirou um jornal sujo e amassado do bolso interno do seu sobretudo. Enquanto passava os olhos pela coluna de anúncios, com a cabeça caída para a frente e o jornal aberto sobre os joelhos, dei uma boa olhada nele e segui o costume de meu companheiro de ler as pistas que pudessem ser fornecidas pela sua vestimenta ou aparência.

Não obtive muito, no entanto, com a minha inspeção. Nosso visitante abusava de todas as características do negociante britânico comum: obeso, pomposo e lento. Ele usava largas calças xadrez em tons de cinza, como as dos pastores de ovelhas, uma casaca preta não exatamente limpa e desabotoada na frente e um colete desmazelado com uma pesada corrente de latão para relógio e um pedaço quadrado de metal balançando à guisa de ornamento. Uma cartola gasta e um sobretudo de um marrom desbotado com uma lapela de veludo amassada descansavam sobre uma cadeira ao seu lado. De maneira geral, pelo que eu via, não havia nada de extraordinário no homem além da sua cabeça vermelha flamejante e da expressão de extrema vergonha e descontentamento.

O olho rápido de Sherlock Holmes detectou o que eu fazia e ele balançou a cabeça com um sorriso ao perceber meus olhares inquisidores:

– Além do óbvio fato de que em algum momento ele já fez trabalhos braçais, de que cheira rapé, de que é maçom, de que já esteve na China e de que vem escrevendo bastante ultimamente, não consigo deduzir mais nada.

O senhor Jabez Wilson se levantou subitamente da cadeira, com o dedo indicador colado no jornal, mas os olhos no meu companheiro.

– Como soube tudo isso, senhor Holmes? – ele perguntou. – Como soube, por exemplo, que eu já fiz trabalho braçal? É um fato verdadeiro como o Evangelho, eu comecei como carpinteiro num navio.

– Suas mãos, meu caro senhor. Sua mão direita é um pouco maior do que a esquerda. Trabalhou com ela, e os músculos são mais desenvolvidos.

– Bem, e sobre o rapé e a maçonaria?

– Não insultarei a sua inteligência dizendo como percebi,

especialmente porque, mesmo contra as estritas regras da sua ordem, o senhor usa um broche com arco e compasso.

– Ah, claro, eu esqueci disso. E sobre a escrita?

– O que mais poderia indicar esse punho direito tão brilhante numa extensão de quase treze centímetros, e o esquerdo com o discreto remendo perto do cotovelo que o senhor descansa na escrivaninha?

– Bem, e a China?

– O peixe que o senhor tatuou imediatamente acima do pulso direito só pode ter sido feito na China. Fiz um pequeno estudo sobre tatuagens e até mesmo contribuí para a literatura sobre o assunto. Esse truque de colorir as escamas dos peixes com um cor-de-rosa delicado é bastante característico na China. Quando, além disso, vejo uma moeda chinesa pendurada na sua corrente de relógio, tudo fica ainda mais simples.

O senhor Jabez Wilson riu com gosto.

– Bem, eu nunca vi coisa igual! – ele disse. – Pensei num primeiro momento que o senhor havia feito algo brilhante, mas agora vejo que não houve nada de mais.

– Começo a pensar, Watson – disse Holmes –, que me equivoquei ao dar a explicação. "*Omne ignotum pro magnifico*"*, como você sabe, e a minha pobre e pequena reputação vai naufragar se eu seguir sendo tão sincero. Não conseguiu encontrar o anúncio, senhor Wilson?

– Sim, encontrei agora – respondeu ele, com seu dedo gordo e vermelho apontado para o meio da coluna. – Aqui está. Isso é o começo de tudo. O senhor mesmo pode lê-lo.

Peguei o jornal da mão dele e li o seguinte:

"Para a Liga dos Cabeça-Vermelha. Por determinação do legado do falecido Ezekiah Hopkins, de Lebanon, Pensilvânia, Estados Unidos, há agora uma outra vaga aberta que dá direito a um membro da Liga a receber o salário de quatro libras por semana por serviços puramente simbólicos.

* "O que é desconhecido soa magnífico". Em latim, no original. (N. T.)

Todos os homens de cabelos vermelhos, sadios de corpo e mente e com idade acima de 21 anos podem candidatar-se. Apresentar-se pessoalmente na segunda-feira, às onze, a Duncan Ross, nos escritórios da Liga, em Pope's Court, Street Fleet, número 7".

– O que raios isso significa? – exclamei, depois de ter lido duas vezes o extraordinário anúncio.

Holmes riu baixo e remexeu-se na cadeira, como era seu hábito quando estava de bom humor.

– É algo um pouco fora do comum, não é mesmo? – disse. – E agora, senhor Wilson, vamos pelo começo: conte-nos sobre o senhor, sua casa e o que esse anúncio tem a ver com os seus assuntos. Doutor, antes anote o nome do jornal e a data de publicação.

– É o *The Morning Chronicle* de 27 de abril de 1890. Foi publicado exatamente há dois meses.

– Muito bem. E então, senhor Wilson?

– Bem, é como eu estava lhe contando, senhor Sherlock Holmes – disse Jabez Wilson, enxugando o suor da fronte. – Tenho uma pequena casa de penhores na praça Coburg, perto da City*. Não é um empreendimento muito grande, e nos últimos anos não tem rendido mais que o suficiente para a minha sobrevivência. Eu costumava ter dois assistentes, mas agora só mantenho um. E teria dificuldades para pagá-lo se ele não estivesse recebendo metade do salário em troca de treinamento para aprender o negócio.

– Qual o nome desse prestativo jovem? – perguntou Sherlock Holmes.

– Seu nome é Vincent Spaulding, e ele não é tão jovem. É difícil adivinhar sua idade. Eu não poderia desejar um assistente mais esperto, senhor Holmes. E sei muito bem que ele poderia melhorar muito e receber duas vezes o que posso pagar-lhe. Mas, se está satisfeito, por que eu colocaria ideias na sua cabeça?

* City: como é chamado o centro financeiro de Londres. (N. E.)

– Sim, por quê? O senhor parece bastante afortunado em ter um *employé* pagando-lhe menos do que o preço de mercado. Não é um fato normal para os empregadores hoje em dia. Não sei se o seu assistente não é tão fora do comum quanto o seu anúncio.

– Oh, ele tem suas falhas também – disse o senhor Wilson. – Nunca houve alguém tão apaixonado por fotografia. Está sempre por aí com a câmera, quando deveria estar desenvolvendo a sua mente, e depois enfiado no porão para revelar as fotos, como um coelho dentro da toca. Esta é sua principal falha. Mas, no geral, é um bom trabalhador. E não tem vícios.

– Ele ainda trabalha com o senhor, eu presumo?

– Sim, senhor. Ele e uma moça de quatorze anos, que cozinha pratos simples e mantém o lugar limpo. É tudo o que mantenho na casa, já que sou viúvo e nunca tive família. Nós três vivemos muito discretamente, senhor. Pelo menos temos um telhado para proteger nossas cabeças e pagamos nossas contas.

"A primeira coisa que alterou essa rotina foi o anúncio. Spaulding desceu ao escritório há oito semanas com este mesmo jornal nas mãos e disse:

"– Senhor Wilson, eu gostaria que Deus me desse cabelo vermelho.

"– E por quê? – perguntei.

"– Por que há outra vaga na Liga dos Cabeça-Vermelha. Pagam uma pequena fortuna para quem ocupá-la, e acho que há mais vagas do que candidatos, e os depositários não sabem mais o que fazer com o dinheiro. Se o meu cabelo mudasse de cor, este seria um belo negócio para mim.

"– Por que, do que se trata? – perguntei eu.

"Entenda, senhor Holmes, sou um homem muito caseiro e, como o trabalho vem a mim, em vez de eu ir até ele, muitas vezes fico semanas sem colocar os pés na rua. Por isso, não sei muito sobre o que acontece lá fora e acolho as novidades sempre com alegria.

"– O senhor nunca ouviu falar da Liga dos Cabeça-Vermelha? – ele perguntou, com os olhos arregalados.

"– Nunca.

"– Me pergunto por que, já que o senhor preenche os requisitos para se candidatar a uma das vagas.

"– E quanto eles pagam? – perguntei.

"– Oh, somente umas duzentas libras por ano, mas o trabalho é leve e não interfere nas outras ocupações que a pessoa possa ter.

"Bom, o senhor pode compreender com facilidade que isso chamou a minha atenção, já que o meu negócio não vai tão bem já há alguns anos, e umas duzentas libras extras seriam muito úteis.

"– Conte-me tudo sobre isso – disse eu.

"– Bem – falou ele, mostrando o anúncio –, o senhor pode ver que a Liga tem uma vaga, e há um endereço onde pode apresentar-se para saber mais detalhes. Até onde sei, a Liga foi fundada por um norte-americano milionário, Ezekiah Hopkins, que era um homem muito estranho. Tinha cabelos vermelhos e grande simpatia por todos os ruivos. Então, quando morreu, descobriu-se que havia deixado sua enorme fortuna nas mãos de depositários, com instruções para aplicá-la financiando bons soldos para homens com o cabelo dessa cor. Pelo que ouvi, é um esplêndido salário que exige muito pouco em troca.

"– Mas – disse eu –, deve haver milhões de homens com cabelo vermelho.

"– Não tantos quanto o senhor pensa – ele respondeu. – É limitado aos londrinos de idade adulta. Esse norte-americano começou a trabalhar em Londres quando era jovem e queria dar uma boa retribuição à velha cidade. E eu soube que não adianta candidatar-se se tiver o cabelo vermelho-claro, ou vermelho-escuro, ou qualquer outra coisa que não seja um vermelho real, brilhante, resplandecente, flamejante. Ou seja, se o senhor se candidatar, entrará. Mas talvez seja demasiado trabalho para o senhor por apenas algumas centenas de libras.

"É um fato, cavalheiros, como vocês mesmos podem ver, que o meu cabelo é de um tom intenso e rico, e então me pareceu que, se houvesse qualquer competição a respeito desse ponto, eu tinha melhores chances que qualquer outro homem que já conheci. Vincent Spaulding parecia saber tanto sobre o tema que poderia ser útil, e por isso ordenei que encerrasse o expediente e viesse imediatamente comigo. Ele andava ansioso por uma folga, então fechamos o negócio e saímos à procura do endereço dado no anúncio.

"Eu espero nunca mais ver algo como aquilo, senhor Holmes. Todos os homens que tivessem qualquer tom de vermelho na cabeça vieram do norte, sul, oeste e leste para a City em resposta ao anúncio. A Fleet Street estava congestionada por homens de cabeça vermelha, e Pope's Court parecia a carroça de um vendedor de laranjas. Eu não pensava que houvesse tantos no país inteiro como os que foram reunidos por aquele único anúncio. Os tons eram variados: palha, lima, laranja, cor de tijolo, *setter* irlandês, castanho, argila. Mas, como disse Spaulding, não havia muitos com a cor vermelho-fogo realmente vívida. Quando vi quantos esperavam, pensei em desistir, mas Spaulding não me deu ouvidos. Como ele fez isso eu não imagino, mas puxou e empurrou e golpeou até que conseguiu me fazer passar pela multidão e chegar aos degraus que levavam ao escritório. Havia duas correntes nas escadas: uma dos que subiam esperançosos e outra dos que voltavam, rejeitados. Mas nós passamos e logo nos vimos dentro do escritório."

– Sua experiência foi bastante divertida – disse Holmes quando seu cliente fez uma pausa e refrescou a memória cheirando rapé. – Peço que prossiga na sua interessante narrativa.

– Não havia nada no escritório além de duas cadeiras de madeira e uma escrivaninha, atrás da qual estava sentado um pequeno homem com a cabeça ainda mais vermelha do que a minha. Ele dizia algumas palavras para cada candidato que surgia e sempre dava um jeito de encontrar alguma falha que o desqualificasse. No final das contas, conseguir a vaga já não parecia algo tão fácil. De qualquer modo, quando nossa vez chegou, o pequeno homem pareceu mais favorável a mim do que aos demais e fechou a porta quando entramos para que pudesse falar privadamente conosco.

"– Este é o senhor Jabez Wilson – disse meu assistente –, e ele gostaria de ocupar a vaga na liga.

"– Ele é admiravelmente adequado – respondeu o outro. – Preenche todos os requisitos. Não me lembro de ter visto ninguém melhor. – Ele deu um passo para trás, inclinou a cabeça para um lado e fitou o meu cabelo até que eu me senti constrangido. Então, repentinamente, deu um passo adiante, pegou a minha mão e cumprimentou-me calorosamente pelo êxito.

"– Seria uma injustiça hesitar – disse ele. – O senhor me desculpará, tenho certeza, por tomar uma óbvia precaução – dizendo isso, pegou meu cabelo com ambas as mãos e puxou até que eu gritasse de dor. – Há lágrimas nos seus olhos – disse ele, ao soltar-me. – Vejo que tudo está de acordo. Mas temos que ter cuidado, porque já fomos enganados duas vezes por uma peruca e uma vez com tinta. Eu poderia contar-lhe histórias sobre graxa de sapateiro que poderiam deixá-lo enojado com a espécie humana. – Ele dirigiu-se à janela e gritou o mais alto que pôde que a vaga havia sido preenchida. Ouviu-se um murmúrio de desapontamento lá embaixo, e a multidão dispersou-se em distintas direções até que não houvesse mais nenhuma cabeça vermelha a não ser a minha e a do depositário.

"– Meu nome – disse ele – é senhor Duncan Ross e sou um dos pensionistas do fundo deixado por nosso nobre benfeitor. O senhor é casado, senhor Wilson? Tem família?

"Respondi que não. Sua expressão se desfez imediatamente.

"– Oh – disse ele gravemente. – Isso é deveras muito sério. Sinto ouvi-lo. O fundo era, é claro, para a propagação dos cabeça-vermelha, assim como para a sua manutenção. É realmente muito desafortunado o fato de que o senhor seja solteiro.

"Meu rosto se transfigurou ao ouvir aquilo, senhor Holmes, porque pensei que não obteria a vaga. Mas, depois de pensar por alguns minutos, ele disse que estava tudo bem.

"– Em outro caso – disse ele –, esse problema seria fatal, mas devemos abrir uma exceção em favor de um homem com um cabelo como o seu. Quando pode começar a assumir seus novos deveres?

"– Bem, é um pouco complicado, porque já tenho um negócio – disse eu.

"– Oh, não se preocupe com isso, senhor Wilson – disse Vincent Spaulding. – Eu posso cuidar disso para o senhor.

"– Qual será a carga horária? – perguntei.

"– Das dez às duas.

"O negócio de penhores funciona basicamente ao anoitecer, senhor Holmes, especialmente nas quintas e sextas-feiras, que antecedem o dia de pagamento. Por isso era bastante conveniente que eu pudesse ganhar dinheiro pelas manhãs. Além de tudo, eu sabia que meu assistente era um bom homem, que poderia tratar de qualquer assunto que aparecesse.

"– Isso seria ótimo para mim – disse eu. – E o pagamento?

"– São quatro libras por semana.

"– E o trabalho?

"– É puramente simbólico.

"– O que o senhor chama de puramente simbólico?

"– Bem, o senhor deve ficar no escritório, ou pelo menos no prédio, durante todo esse tempo. Se sair, perderá o cargo para sempre. Esse ponto deve ficar bem claro. O senhor não cumpre as condições se sair do escritório durante esse horário.

"– São só quatro horas por dia, e eu não pensaria em sair – disse eu.

"– Nenhuma desculpa será aceita – disse o senhor Duncan Ross –, nem mesmo doença, negócios ou qualquer outra coisa. O senhor deve ficar no local, ou perde sua vaga.

"– E o trabalho?

"– É copiar a *Enciclopédia Britânica*. O primeiro volume está dentro daquele armário. Deve trazer sua própria tinta, canetas e papel, mas nós fornecemos esta mesa e a cadeira. Pode começar amanhã?

"– Certamente – respondi.

"– Então, até logo, senhor Jabez Wilson, e deixe-me parabenizá-lo mais uma vez pelo importante cargo com que o senhor foi afortunadamente brindado. – Ele saudou-me, levando-me para fora da sala, e fui para casa com meu assistente, sem saber o que dizer ou fazer. Estava muito feliz com minha boa sorte.

"Bem, pensei sobre o assunto o dia inteiro e, ao anoitecer, eu já estava desanimado outra vez. Estava convencido de que tudo deveria ser um grande trote ou uma fraude, embora não conseguisse entender qual poderia ser o objetivo. Parecia inacreditável que alguém pudesse fazer um testamento como esse, ou que pudessem pagar tal soma para fazer algo tão simples como copiar a *Enciclopédia Britânica*. Vincent Spaulding fez o que pôde para animar-me, mas, na hora de dormir, eu já havia desistido do negócio. No entanto, pela manhã, resolvi conferir do que se tratava e comprei um vidro de tinta de um centavo, uma caneta de pena e sete folhas de papel e fui para Pope's Court.

"Bem, para minha surpresa e satisfação, tudo estava muito bem. A mesa havia sido posicionada para mim, e o senhor Duncan Ross estava lá para conferir minha disposição para trabalhar. Ele me fez começar pela letra A e depois me deixou. No entanto, entrava de tempos em tempos para conferir se tudo estava certo comigo. Às duas da tarde, desejou-me um bom-dia, cumprimentou-me pela quantidade de trabalho que eu havia feito e fechou a porta do escritório atrás de mim.

"Isso prosseguiu dia após dia, senhor Holmes, e no sábado o depositário deu-me quatro libras de ouro pelo trabalho da semana. Aconteceu o mesmo na semana seguinte, e na seguinte. Todas as manhãs, eu estava lá às dez, e todas as tardes eu saía às duas. Gradualmente, o senhor Duncan Ross começou a aparecer somente uma vez a cada manhã e, depois, deixou de vir. Ainda assim, é claro, não ousei sair da sala por um só instante, já que não tinha certeza sobre quando ele poderia aparecer, e o pagamento era tão bom e vinha-me tão bem que eu não me arriscaria a perdê-lo.

"Oito semanas como essas se passaram, e eu já havia escrito sobre abades, sobre arco e flecha, sobre armaduras, arquitetura, Ática, e tinha esperanças de que, com dedicação, chegaria em breve à letra B. Isso me custou uma considerável soma em papel, e eu já havia enchido quase uma prateleira com meus escritos. Então, repentinamente, tudo terminou."

– Terminou?

– Sim, senhor. E foi nesta mesma manhã. Fui trabalhar, como sempre, às dez horas da manhã, mas a porta estava trancada, com um pequeno cartaz pregado no meio com uma tacha. Aqui está, e o senhor mesmo pode lê-lo.

Ele mostrou um pedaço de cartão branco do tamanho de uma folha de um bloco de anotações. Dizia assim:

"A LIGA DOS CABEÇA-VERMELHA ESTÁ DISSOLVIDA.

9 DE OUTUBRO DE 1890."

Sherlock Holmes e eu examinamos essa curta mensagem e o triste rosto que estava atrás dela até que o lado cômico do caso se sobrepôs a qualquer outra coisa e nós dois nos pusemos a gargalhar.

– Eu não vejo nada de tão engraçado nisso – gritou

nosso cliente, ficando vermelho até a raiz de sua cabeça flamejante. – Se vocês não puderem fazer nada mais além de rir de mim, posso ir a outro lugar.

– Não, não – disse Holmes, forçando-o a sentar outra vez na cadeira da qual se levantara. – Eu realmente não perderia esse caso por nada no mundo. É revigoradoramente incomum. Mas há algo, se me desculpa dizê-lo, algo um pouco engraçado a respeito dele. Pode me contar o que fez quando encontrou o cartaz na porta?

– Fiquei atônito, senhor. Não sabia o que fazer. Então fui aos escritórios próximos, mas ninguém parecia saber de nada. Finalmente, fui falar com o senhorio, que é um contador que vive no térreo, e perguntei o que ocorrera à Liga dos Cabeça-Vermelha. Ele disse que nunca ouvira falar disso. Quando perguntei quem era o senhor Duncan Ross, ele disse que o nome era uma novidade para ele.

"– Bem – disse eu –, é o cavalheiro do número quatro.

"– Ah, o homem ruivo?

"– Sim.

"– Oh – disse ele –, seu nome era William Morris. Era um advogado e estava usando minha sala temporariamente até que seu escritório estivesse pronto. Ele mudou-se ontem.

"– E onde eu poderia encontrá-lo?

"– Oh, em seu novo escritório. Ele me deu o endereço. Sim, fica na King Edward Street, número dezessete, perto da catedral de St. Paul.

"Eu fui até lá, senhor Holmes, mas quando cheguei vi que se tratava de uma fábrica de joelheiras, e ninguém por lá ouvira falar nem do senhor William Morris nem do senhor Duncan Ross."

– E o que fez depois? – perguntou Holmes.

– Fui para casa, na praça Saxe-Coburg, para pedir conselhos a meu assistente. Mas ele não pôde me ajudar. Só conseguiu dizer-me que, se eu esperasse, poderia receber algo pelo correio. Mas isso não era suficiente, senhor Holmes. Eu não queria perder aquele cargo sem resistir, e, então, como ouvi dizer que o senhor é generoso e ajuda camaradas pobres em casos de necessidade, vim diretamente aqui.

– E fez muito bem – disse Holmes. – Seu caso é excepcionalmente singular, e ficarei feliz em analisá-lo. Pelo que me disse, é possível que haja fatos mais graves do que os que inicialmente podem ser percebidos.

– Realmente graves – disse o senhor Wilson. – Perdi quatro libras semanais.

– Quanto ao seu envolvimento pessoal – observou Holmes –, não creio que o senhor tenha qualquer reclamação a fazer sobre essa liga extraordinária. Ao contrário, o senhor está, pelo que entendo, trinta libras mais rico, sem falar no conhecimento que adquiriu a respeito de todos os temas que começam pela letra A. Não perdeu nada perto deles.

– Não, senhor. Mas quero saber quem são e qual era seu objetivo ao pregar-me essa peça – se é que foi uma peça. Foi uma piada bastante cara para eles, já que lhes custou 32 libras.

– Nos esforçaremos para esclarecer todos esses pontos para o senhor. Para começar, uma ou duas perguntas, senhor Wilson. Seu assistente, que foi quem chamou a sua atenção para o anúncio, está há quanto tempo com o senhor?

– Mais ou menos um mês.

– Como ele surgiu?

– Respondendo a um anúncio.

– Foi o único candidato?

– Não, havia uma dúzia.

– E por que o escolheu?

– Porque seria útil e custaria barato.

– Metade do salário, na verdade.

– Sim.

– E como ele é, esse Vincent Spaulding?

– Pequeno, robusto, muito ágil, sem pelos no rosto, embora não tenha menos que trinta anos. Tem uma mancha branca causada por ácido na testa.

Holmes sentou em sua cadeira consideravelmente excitado.

– Foi o que pensei. – disse ele. – Já observou se ele tem algum furo na orelha?

– Sim, senhor. Ele disse que um cigano havia feito quando ele era jovem.

– Hum – disse Holmes, recostando-se outra vez, perdido em profundos pensamentos. – Ele ainda está com o senhor?

– Oh, sim, senhor. Deixei-o há pouco.

– E o seu negócio foi bem cuidado na sua ausência?

– Não tenho do que reclamar, senhor. Nunca há muito o que fazer pelas manhãs.

– Isso basta, senhor Wilson. Ficarei feliz em dar-lhe um retorno dentro de um dia ou dois. Hoje é sábado, e espero que na segunda-feira eu tenha uma conclusão.

– Bem, Watson – disse Holmes quando nosso visitante havia saído –, o que conclui de tudo isso?

– Nada – respondi, francamente. – É um caso muito misterioso.

– Como regra – disse Holmes –, quanto mais bizarra for uma coisa, menos misteriosa é. São os crimes comuns os realmente difíceis, assim como o rosto mais comum é o mais difícil de identificar. Mas em breve terei resolvido esse caso.

– E o que fará agora? – perguntei.

– Fumar – ele respondeu. – É um problema que requer três cachimbos, e peço que você não fale comigo por cinquenta minutos.

Ele aboletou-se na poltrona com os magros joelhos tocando o nariz de águia e lá ficou com os olhos fechados e o cachimbo preto de cerâmica sobressaindo-se como o bico de um pássaro estranho. Eu já havia chegado à conclusão de que adormecera e eu próprio cabeceava quando ele repentinamente saltou da cadeira com o ar de quem havia decidido o que fazer e colocou o cachimbo sobre a lareira.

– Sarasate toca no St. James's Hall esta tarde – ele observou. – O que acha, Watson? Seus pacientes podem abrir mão de você por algumas horas?

– Não tenho nada para fazer hoje. Meu consultório nunca é muito absorvente.

– Então ponha o chapéu e venha. Vou passar pela City antes, e podemos almoçar no caminho. Pelo que sei, há bastante música alemã no programa, que é mais do meu gosto que a italiana ou francesa. É introspectiva, e eu quero um pouco de introspecção. Venha!

Fomos de metrô até Aldersgate e uma curta caminhada nos levou até a praça Saxe-Coburg, cenário da singular história que ouvimos pela manhã. Era um lugar monótono, pequeno e abandonado, com prédios sujos de dois andares e tijolo aparente que davam para uma pequena praça gradeada, onde um gramado cheio de ervas daninhas e moitas de loureiros travava luta com uma incompatível atmosfera carregada de fumaça. Sobre uma casa na esquina, três bolas douradas e uma tabuleta marrom onde se lia "Jabez Wilson" em letras brancas anunciavam o local onde ficava o negócio de nosso cliente de cabeça vermelha. Sherlock Holmes parou em frente ao prédio com a cabeça inclinada e inspecionou-o, os olhos brilhando entre as pálpebras cerradas. Então caminhou lentamente pela rua, indo e voltando até a esquina, olhando atentamente para as casas. Finalmente voltou para a casa de penhores e, golpeando a calçada vigorosamente com sua bengala por duas ou três vezes, foi até a porta e bateu. Ela foi instantaneamente aberta por um jovem de aparência reluzente e sem barba, que lhe convidou a entrar.

– Obrigado – disse Holmes –, eu só queria perguntar como se vai daqui para a Strand*.

– Vire na terceira rua à direita, e então na quarta à esquerda – respondeu prontamente o assistente, fechando a porta.

* Rua na área central de Londres famosa por seus teatros, restaurantes e hotéis. (N. T.)

– Rapaz inteligente – observou Holmes enquanto saía dali. – Ele é, na minha opinião, o quarto homem mais inteligente de Londres, e, pela audácia, poderia ser o terceiro. Já ouvi falar dele antes.

– Evidentemente – disse eu –, o assistente do senhor Wilson tem um considerável papel no mistério da Liga dos Cabeça-Vermelha. Estou certo de que você lhe pediu a informação somente para vê-lo.

– A ele não.

– O que, então?

– Os joelhos de suas calças.

– E o que viu?

– O que eu esperava ver.

– Por que bateu na calçada?

– Meu caro doutor, este é um período de observação, não de conversa. Somos espiões na terra inimiga. Já sabemos algo sobre a praça Saxe-Coburg. Vamos agora explorar os caminhos situados atrás dela.

A rua em que entramos depois de virar a esquina contrastava com a praça Saxe-Coburg como a frente de um quadro com o seu verso. Era uma das principais artérias que levavam o tráfego da City para o norte e o oeste. A rua estava bloqueada pelo imenso fluxo comercial que corria nas duas direções, e as calçadas estavam enegrecidas pelo enxame de apressados pedestres. Enquanto olhávamos para a fila de lojas finas e vistosas, era difícil imaginar que elas realmente ficavam atrás da praça abandonada e sem cor que havíamos deixado há pouco.

– Deixe-me ver – disse Holmes, parado na esquina e olhando a sequência de lojas. – Eu gostaria de lembrar a ordem das casas aqui. É um *hobby* meu ter um conhecimento exato de Londres. Há a Mortimer's, a tabacaria, a pequena banca de jornais, a filial do City and Suburban Bank, o restaurante vegetariano e a estação de carruagens McFarlane. Isso leva-nos diretamente à outra quadra. E agora, doutor, já fizemos nosso trabalho, então é hora de algum prazer.

Um sanduíche e uma taça de café e depois uma escapada para a terra dos violinos, onde tudo é doçura, e delicadeza, e harmonia, e onde não há clientes de cabeça vermelha a incomodar-nos com charadas.

Meu amigo era um entusiasmado músico, sendo não somente um intérprete muito capaz como também um compositor virtuoso. Ele ficou sentado na plateia durante toda a tarde, envolto na mais completa felicidade, balançando gentilmente os dedos no compasso da música, e seu rosto sorridente e seus olhos lânguidos e sonhadores em nada se pareciam com os do Holmes detetive, o Holmes inexorável, o agente criminal perspicaz e sempre a postos. Naquela personalidade singular, a dualidade da sua natureza se manifestava alternadamente, sua extrema exatidão e astúcia representavam, como eu muitas vezes pensava, uma reação contra o humor poético e contemplativo que às vezes o dominava. As mudanças levavam-no de uma extrema languidez a uma energia que o devorava e, como eu sabia bem, ele nunca era tão verdadeiramente formidável como quando ficava dias e dias recostado em sua poltrona, entregue às suas improvisações e aos seus livros antigos. Era então que a luxúria da caça sobrevinha e o seu poder de raciocínio elevava-se aos níveis da intuição, e até aqueles que desconheciam seus métodos olhavam com desconfiança para ele, como um homem cujo conhecimento não fosse o mesmo compartilhado por outros mortais. Quando o vi naquela tarde, tão envolvido pela música em St. James's Hall, senti que aqueles que ele havia decidido caçar enfrentariam maus momentos.

– Você certamente deseja ir para casa, doutor – disse, quando saímos.

– Sim, seria bom.

– E tenho algumas coisas para fazer que me ocuparão por horas. Este assunto na praça Coburg é sério.

– Por que é sério?

– Um crime considerável está sendo planejado. Tenho todas as razões para crer que estamos em tempo de evitá-lo.

Mas, como hoje é sábado, a coisa se complica. Provavelmente precisarei de sua ajuda nesta noite.

– A que horas?

– Às dez será suficiente.

– Estarei em Baker Street às dez.

– Muito bem. E devo dizer, doutor, que pode haver algum perigo, então leve seu revólver no bolso.

Ele acenou, virou-se e desapareceu em um instante na multidão.

Creio que não sou mais burro que meus contemporâneos, mas sentia-me sempre oprimido pela minha própria estupidez quando lidava com Sherlock Holmes. Neste caso, eu havia ouvido o que ele ouvira, havia visto o que ele vira, e, pelas suas palavras, era evidente que ele sabia claramente não só o que ocorrera mas também o que estava por ocorrer, enquanto que para mim o caso ainda era confuso e absurdo. Enquanto ia para casa em Kensington, pensei sobre tudo, da extraordinária história do copiador ruivo da *Enciclopédia* até a visita à praça Saxe-Coburg e também sobre as sinistras palavras que ele me dirigira ao despedir-se. No que consistia essa expedição noturna, e por que eu deveria ir armado? Aonde iríamos, e o que faríamos? Eu tinha a pista dada por Holmes de que o assistente de rosto liso era um homem perigoso – capaz de entrar em um jogo pesado. Tentei entender do que se tratava, mas desisti, em desespero, e deixei o assunto de lado até que a noite me trouxesse uma explicação.

Passava um quarto das nove horas quando saí de casa atravessando o parque e, depois, a Oxford Street até Baker Street. Duas carruagens estavam na porta, e, quando passei pelo corredor, ouvi o som de vozes lá em cima. Ao entrar na sala, encontrei Holmes numa conversa animada com dois homens, um dos quais reconheci como sendo Peter Jones, agente da polícia oficial. O outro era um homem alto, magro e de rosto triste, com um chapéu muito lustroso e uma casaca opressivamente respeitável.

– Ah, nossa festa está completa – disse Holmes, abotoando a jaqueta de lã estilo marinheiro e pegando no cabide o seu pesado chicote de caçador. – Watson, acho que você conhece o senhor Jones, da Scotland Yard. Permita-me apresentá-lo ao senhor Merryweather, que nos acompanhará na aventura desta noite.

– Estamos caçando em duplas outra vez, doutor – disse Jones com seu jeito sério. – Nosso amigo aqui é um homem maravilhoso para dar partida em uma caçada. Tudo o que ele precisa é um velho cão para ajudá-lo na perseguição e captura.

– E espero que a nossa caçada não termine em um ganso selvagem – observou o senhor Merryweather melancolicamente.

– O senhor pode depositar uma boa dose de confiança no senhor Holmes – disse o agente de polícia com orgulho. – Ele tem seus métodos particulares, que são, se ele me permitir dizer, um tanto teóricos e fantasiosos, mas tem as qualidades essenciais de um detetive. Não é exagero dizer que, uma vez ou duas, como nos casos do assassinato de Sholto e do tesouro de Agra, ele estava mais correto que a força oficial.

– Se o senhor diz isso, senhor Jones, está tudo bem – disse o estranho, com deferência. – Ainda assim, confesso que sinto perder meu jogo de cartas. É a primeira noite de sábado em 27 anos que eu falto.

– Creio que nesta noite o senhor vai apostar mais alto do que nunca – disse Sherlock Holmes –, e que o jogo será muito excitante. Para o senhor Merryweather, a aposta valerá cerca de trinta mil libras. E para você, Jones, valerá o homem em quem anda querendo botar as mãos.

– John Clay, o assassino, ladrão, golpista e falsificador. É um jovem, senhor Merryweather, mas é o líder na sua profissão, e eu preferiria colocar minhas algemas nele que em qualquer outro criminoso em Londres. É um homem extraordinário, esse jovem John Clay. Seu avô foi um duque, e ele próprio estudou em Eton e em Oxford. Seu cérebro é tão rápido quanto seus dedos, e, embora tenhamos sinais da atividade dele a toda hora, não conseguimos encontrar o homem. Ele rouba uma casa na Escócia em uma semana e na outra está levantando dinheiro para construir um orfanato na Cornualha. Estou atrás dele há anos e ainda não consegui pôr os olhos nele.

– Espero ter o prazer de apresentá-lo ao senhor esta noite. Eu também tive um ou dois casos relacionados com o senhor John Clay e concordo com você que ele é o melhor na profissão. Já passa das dez, e já é hora de começarmos. Vocês dois pegam a primeira carruagem, e Watson e eu os seguiremos na segunda.

Sherlock Holmes não estava muito comunicativo durante o longo trajeto e recostou-se na carruagem murmurando as melodias que eu ouvira à tarde. Fomos sacudindo por um interminável labirinto de ruas iluminadas a gás até chegarmos à Farrington Street.

– Estamos perto agora – disse meu amigo. – Esse senhor Merryweather é um diretor de banco e está pessoalmente interessado no caso. Também pensei que seria bom termos Jones conosco. Não é um mau sujeito, embora seja um absoluto imbecil na profissão. Ele tem uma virtude. É corajoso como um buldogue e tem a tenacidade de uma lagosta quando coloca suas garras em alguém. Aqui estamos, e eles nos esperam.

Havíamos chegado à mesma rua abarrotada na qual estivéramos pela manhã. Nossos carros de aluguel foram dispensados, e, seguindo o senhor Merryweather, descemos por uma passagem estreita e cruzamos uma porta lateral, que ele abriu para nós. Lá dentro havia um pequeno corredor que terminava num portão pesado de ferro. Este também foi aberto, e descemos um lance curvo de degraus de pedra que terminava em mais um enorme portão. O senhor Merryweather parou para acender uma lanterna e conduziu-nos por uma passagem baixa, escura e com cheiro de terra. Então, depois de abrir uma terceira porta, entramos num enorme porão ou caverna, cheio de engradados e de caixas pesadas.

– Este lugar não é vulnerável por cima – comentou Holmes, enquanto erguia a lanterna e examinava tudo.

– Nem por baixo – disse o senhor Merryweather, golpeando com a bengala os ladrilhos que cobriam o chão. – Oh, meu Deus, isso parece oco! – exclamou, erguendo a cabeça com surpresa.

– Eu realmente preciso pedir ao senhor que faça um pouco mais de silêncio – disse Holmes, sério. – O senhor já pôs em perigo o sucesso de toda nossa expedição. Poderia ter a bondade de sentar-se em cima de uma dessas caixas e não interferir?

O solene senhor Merryweather empoleirou-se em cima de um engradado com uma expressão injuriada no rosto, enquanto Holmes ajoelhava-se no chão e, com a lanterna e uma lente de aumento, examinava minuciosamente as fendas entre os ladrilhos. Alguns segundos foram suficientes para satisfazê-lo, e ele levantou-se e colocou a lente no bolso.

– Contamos com pelo menos uma hora de vantagem – observou –, já que eles não podem fazer nada antes que o penhorista esteja na cama. Quando isso acontecer, não perderão nem um minuto; quanto mais cedo fizerem o trabalho, mais tempo terão para a fuga. Estamos, doutor – como você sem dúvida já adivinhou – no porão da agência central de um dos principais bancos de Londres. O senhor Merryweather é o diretor-presidente, e lhe contará as razões para que um dos mais audaciosos criminosos de Londres tenha um considerável interesse neste porão no momento.

– É o nosso ouro francês – sussurrou o diretor. – Recebemos vários avisos de que tentariam roubá-lo.

– O seu ouro francês?

– Sim. Há alguns meses, tivemos a necessidade de reforçar nosso lastro e fizemos um empréstimo, para esse fim, de trinta mil napoleões no Banco da França. É sabido que não tivemos a oportunidade de desempacotar o dinheiro e que ele ainda está no nosso porão. O engradado em cima do qual estou sentado tem dois mil napoleões armazenados entre folhas de chumbo. Nosso lastro em ouro é muito maior no momento do que o que costuma ser mantido num escritório de uma só agência, e os diretores estão receosos a respeito disso.

– O que é muito bem justificado – observou Holmes. – E agora é hora de darmos início aos nossos pequenos planos. Espero que tudo ocorra dentro de uma hora. Enquanto isso, senhor Merryweather, temos que cobrir a lanterna.

– E ficar no escuro?

– Temo que sim. Trouxe um baralho no bolso e pensei que, já que somos uma *partie carrée**, o senhor poderia ter o seu jogo de cartas, afinal. Mas vejo que as preparações do inimigo estão tão avançadas que não podemos arriscar-nos mantendo a luz acesa. E, como primeira providência, devemos escolher nosso posicionamento. Esses homens são audaciosos e, embora estejam em desvantagem, podem ferir-nos se não tomarmos cuidado. Eu ficarei de pé atrás deste engradado, e vocês se esconderão atrás daqueles. Então, quando eu os iluminar, acerquem-se rapidamente. Se eles abrirem fogo, Watson, não tenha nenhum receio de atirar neles.

Coloquei meu revólver, engatilhado, sobre um dos engradados de madeira atrás dos quais me ocultei. Holmes cobriu a sua lanterna e deixou-nos numa escuridão absoluta – uma escuridão que eu não havia experimentado antes na vida. O cheiro do metal quente lembrava-nos de que a luz ainda estava lá, acesa, pronta para brilhar. Para mim, com meus nervos concentrados na expectativa, havia algo depressivo e intimidador naquelas trevas repentinas, e no ar úmido e frio do porão.

---

* Expressão, em francês no original, que significa uma situação em que estão envolvidas duas duplas. (N. T.)

– Eles só têm uma chance de retirada – sussurrou Holmes. – Se voltarem para a casa e saírem para a praça Saxe-Coburg. Espero que tenha feito o que lhe pedi, Jones.

– Tenho um inspetor e dois oficiais esperando na porta da frente.

– Então nós bloqueamos todas as saídas. E agora, devemos ficar em silêncio e esperar.

Pareceu muito tempo! Depois, conferindo as notas que tomei, vi que não foi mais do que uma hora e um quarto, mas me pareceu que a noite já quase havia acabado, e que lá fora estaria alvorecendo. Meus membros estavam fatigados e rígidos, motivo pelo qual temia mudar de posição, meus nervos estavam elevados à última potência de tensão e minha audição estava tão afiada que eu podia não só ouvir a respiração de meus companheiros como também distinguir a inspiração profunda e pesada do volumoso Jones e os suaves suspiros do diretor do banco. Do meu lugar, por cima da caixa, dispunha de um bom panorama do chão. De repente, meus olhos captaram o brilho de uma luz.

No começo, não era nada além de uma lúgubre centelha sob o piso de ladrilhos. Então, começou a ficar maior até que se tornou uma linha amarela e, depois, sem nenhum aviso ou som, uma fenda pareceu abrir-se e uma mão surgiu, uma mão branca quase feminina, que apalpou o chão em torno da pequena área iluminada. Por um minuto ou mais, a mão, com seus dedos contorcidos, ficou ali, como uma protuberância do chão. Então, mergulhou tão rapidamente quanto havia aparecido, e tudo ficou escuro novamente a não ser pela centelha lúgubre que marcava a junta entre as pedras.

O desaparecimento, no entanto, foi só momentâneo. Com um som de algo se partindo, uma das pedras grandes e brancas foi virada, escancarando um buraco quadrado pelo qual surgiu a luz de uma lanterna. Pela borda dele surgiu uma face de garoto bem barbeada que olhou cuidadosamente em torno e então, com uma mão apoiada em cada lado da abertura, ele elevou os ombros e a cintura até que um dos joelhos pôde ser apoiado na beira. Num instante, estava em pé ao lado do buraco, puxando um companheiro, ágil e pequeno como ele, com um rosto pálido e cabelos de um vermelho intenso.

– Está tudo bem – ele sussurrou. – Você tem aí o formão e os sacos?... Oh, Deus! Pule, Archie, pule, que eu os enfrentarei!

Sherlock Holmes havia saltado e segurava o invasor pelo colarinho. O outro mergulhou no buraco, e eu ouvi o som de tecido se rasgando quando Jones agarrou-o pela roupa. A luz iluminou o cano de um revólver, mas Holmes golpeou o pulso do homem com seu chicote de caça, e a pistola tilintou no assoalho de pedra.

– Não adianta, John Clay – disse Holmes suavemente –, você não tem nenhuma chance.

– De fato – o outro respondeu com a máxima calma. – Imagino que meu companheiro esteja bem, já que vejo que vocês ficaram com a aba da sua casaca.

– Há três homens esperando por ele na porta – disse Holmes.

– Oh, compreendo. Você parece ter armado tudo muito bem. Devo cumprimentá-lo.

– E eu devo fazer o mesmo – respondeu Holmes. – A sua ideia sobre os cabeça-vermelha foi muito inovadora e eficaz.

– Você verá seu companheiro em breve – disse Jones. – Ele é mais rápido entrando em buracos do que eu. Estenda as mãos para que eu ponha as algemas.

– Peço que não me toque com suas mãos imundas – disse o nosso prisioneiro enquanto as algemas fechavam-se em seus pulsos. – Você talvez não saiba que tenho sangue real em minhas veias. Quando se dirigir a mim, tenha a gentileza de sempre usar "senhor" e "por favor".

– Certo – disse Jones, encarando-o e abafando o riso. – Bem, poderia, por favor, senhor, subir as escadas, onde poderemos pegar a carruagem que transportará sua Alteza para a delegacia de polícia?

– Assim está melhor – disse John Clay serenamente. Ele dirigiu uma saudação a nós três e caminhou em silêncio sob a custódia do detetive.

– Realmente, senhor Holmes – disse o senhor Merryweather enquanto o seguíamos para fora do porão –, eu não sei como o banco pode agradecer ou recompensá-lo. Não há dúvidas de que desbaratou uma das maiores tentativas de roubo de banco de que já tive conhecimento.

– Eu tenho uma ou duas coisas pessoais para resolver com o senhor John Clay – disse Holmes. – Tive um pequeno gasto com esse caso, que espero que o banco reponha, mas, à parte disso, sinto-me amplamente pago por ter tido uma experiência que foi única em muitos sentidos e por ter ouvido a narrativa extraordinária sobre a Liga dos Cabeça-Vermelha.

– Veja, Watson – ele explicou nas primeiras horas da manhã, enquanto tomávamos um copo de uísque com soda em Baker Street –, era óbvio desde o princípio que o único objetivo possível daquele fantástico anúncio sobre a Liga e da cópia da *Enciclopédia* era tirar esse penhorista não muito brilhante do caminho por algumas horas todos os dias. Foi uma maneira curiosa de fazer isso, mas realmente seria difícil sugerir algo melhor. O método sem dúvida surgiu na engenhosa mente de Clay por causa da cor do cabelo do seu cúmplice. O pagamento de quatro libras por semana foi uma isca para atraí-lo. E o que significava para eles, que estavam apostando em milhares? Eles publicam o anúncio, um dos patifes aluga o escritório temporário, o outro incita o homem a se candidatar, e juntos conseguem assegurar a sua ausência todas as manhãs da semana. No momento em que ouvi a história sobre o assistente que recebia metade do salário, ficou óbvio para mim que ele tinha algum motivo muito forte para querer o posto.

– Mas como adivinhou o motivo?

– Se houvesse mulheres na casa, eu suspeitaria de um mero romance secreto. Isso, no entanto, estava fora de questão. O negócio do homem era pequeno, e não havia nada na sua casa que pudesse justificar essa preparação tão elaborada e um gasto como o que eles fizeram. Tinha que ser algo que estava fora da casa. O que poderia ser? Pensei na obsessão do assistente por fotografia e no seu truque de se esconder no porão. O porão! Lá estava a solução do mistério. Então fiz algumas perguntas sobre o misterioso assistente e descobri que estava lidando com um dos mais frios e audaciosos criminosos de Londres. Ele estava fazendo algo no porão, algo que consumia várias horas por dia durante meses. O que poderia ser, uma vez mais? Não podia pensar em nada além da construção de um túnel para outro prédio.

"Até aí eu havia chegado quando fomos visitar a cena do crime. Eu surpreendi você ao golpear o pavimento com minha bengala. Eu não tinha certeza se o porão estendia-se para a frente ou para os fundos do prédio. Não era em frente. Então toquei a campainha, e, como pensei, o assistente atendeu a porta. Tivemos alguns duelos, mas nunca nos havíamos visto até então. Pouco olhei para seu rosto. Seus joelhos eram o que eu desejava ver. Você deve ter observado como estavam sujos, amassados e manchados. Eles nos revelavam aquelas horas de escavação. Virei a esquina, vi que o City and Suburban Bank era adjacente à propriedade de nosso amigo e senti que havia resolvido o problema. Enquanto você ia para casa depois do concerto, fui à Scotland Yard e ao diretor-presidente do banco, e o resultado você viu."

– E como você soube que fariam a tentativa de roubo nesta noite?

– Ora, quando fecharam os escritórios da Liga, isso era o sinal de que não se importavam mais com a presença do senhor Jabez Wilson. Em outras palavras, haviam terminado o túnel. Mas era primordial que o usassem logo, já que poderia ser descoberto, e o ouro, removido. O sábado seria conveniente para eles, já que lhes daria dois dias para fugir. Por todas essas razões, esperei que viessem nesta noite.

– Você resolveu o caso maravilhosamente – exclamei com verdadeira admiração. – É uma corrente longa, mas todos os elos se ligam perfeitamente.

– Isso me livrou da monotonia – ele respondeu, bocejando. Aliás, já a sinto fechando-se sobre mim! Minha vida é um eterno esforço para escapar dos lugares-comuns da existência. Esses pequenos casos me ajudam nisso.

– E você é um benfeitor da espécie – disse eu.

Ele encolheu os ombros

– Bem, talvez, afinal, eu seja útil – ele observou. – "*L'homme c'est rien – l'ouvre c'est tout*"*, como escreveu Gustave Flaubert para George Sand.

* O homem não é nada – a obra é tudo". Em francês no original. (N. T.)

O problema final

É COM O CORAÇÃO pesado que movimento a minha caneta para escrever estas últimas palavras do relato que tenho feito dos dons singulares pelos quais meu amigo Sherlock Holmes se distinguia. De um modo incoerente e, sinto profundamente, por completo inadequado, empreendi dar conta de minhas estranhas experiências na companhia dele, desde o acaso que primeiro nos reuniu na época do *Estudo em vermelho* até o tempo da interferência dele no assunto do *Tratado naval* – interferência que teve o efeito inquestionável de prevenir uma complicação internacional séria. Era minha intenção ter parado lá e não ter dito nada sobre aquele evento que deixou um vazio em minha vida que o passar de dois anos fez pouco para preencher. Porém, minha mão viu-se forçada pelas recentes cartas nas quais o coronel James Moriarty defende a memória do irmão dele, e não tenho escolha senão a de expor ao público os fatos exatamente como aconteceram. Só eu conheço a verdade absoluta sobre o assunto, e estou satisfeito por ter chegado a hora em que para nada serve escondê-la. Até onde sei, só foram feitos três relatos: o do *Diário de Genebra*, no dia 6 de maio de 1891; o despacho da Reuter nos jornais ingleses, no dia 7 de maio; e, finalmente, a recente carta à qual aludi. Desses, o primeiro e o segundo foram extremamente condensados, enquanto o último é, como mostrarei agora, uma distorção absoluta dos fatos. Cabe a mim contar, pela primeira vez, o que realmente aconteceu entre o professor Moriarty e o senhor Sherlock Holmes.

É possível que lembrem que, depois de meu matrimônio e minha estreia subsequente na prática privada, modificaram-se as relações íntimas que existiam entre mim e Holmes, até certo ponto. Ele ainda me procurava às vezes, quando desejava um companheiro em suas investigações, mas essas ocasiões ficaram cada vez mais raras, até que, no ano de 1890, só tenho registro de três casos. Durante o inverno daquele ano e o começo da primavera de 1891, vi nos jornais que ele tinha se envolvido, a pedido do governo francês, em um assunto de importância suprema, e recebi duas notas de Holmes, vindas de Narbonne e de Nîmes, a partir das quais concluí que provavelmente a permanência dele na França seria longa. Então, foi com certa surpresa que o vi entrar em meu consultório na noite de 24 de abril. Surpreendeu-me o fato de ele estar mais pálido e mais magro que o habitual.

– Sim, tenho abusado da minha saúde– ele observou, respondendo ao meu olhar ao em vez de às minhas palavras. – Eu tenho me sentido um pouco pressionado ultimamente. Tem alguma objeção a que eu feche as venezianas?

A única luz no quarto vinha do abajur da mesa na qual eu estava lendo. Holmes esgueirou-se pela parede, fechou as persianas e trancou-as com firmeza.

– Você está com medo de algo? – perguntei.

– Bem, sim.

– De quê?

– De armas.

– Meu querido Holmes, o que você quer dizer?

– Acho que você me conhece bastante bem, Watson, para saber que não sou de modo algum um homem nervoso. Ao mesmo tempo, é estupidez e não coragem recusar-se a reconhecer o perigo quando ele está próximo de você. Eu poderia convidá-lo para uma partida? – Deu uma tragada profunda no cigarro, como se isso o acalmasse.

– Devo me desculpar por chegar tão tarde – disse ele. – E em seguida lhe pedir para não ser muito convencional e me permitir sair de sua casa pelos fundos.

– Mas o que significa tudo isso? – eu perguntei.

Ele mostrou sua mão, e eu vi na luz do abajur que duas de suas juntas estavam esfoladas e sangrando.

– Não é nada superficial, como vê – disse ele, sorrindo. – Pelo contrário, é sólido o bastante para um homem quebrar a mão. A senhora Watson está em casa?

– Ela está viajando, fazendo uma visita.

– É mesmo? Você está só!

– Totalmente.

– Então é mais fácil propor que venha comigo, durante uma semana, para o continente.

– Para onde?

– Qualquer lugar. Para mim tanto faz.

Havia algo muito estranho em tudo isso. Não era da natureza de Holmes tirar um feriado sem propósito, e algo em sua face pálida e cansada me disse que os nervos dele estavam na mais alta tensão. Ele viu a pergunta em meus olhos e, unindo as pontas dos dedos e apoiando os cotovelos sobre os joelhos, explicou a situação.

– Você provavelmente nunca ouviu falar do professor Moriarty? – disse ele.

– Nunca.

– Aí é que estão a genialidade e a maravilha da coisa! – ele gritou. – O homem invade Londres, e ninguém ouve falar dele. Isso é o que o põe no pináculo dos anais do crime. Digo-lhe com toda a sinceridade, Watson, que se eu pudesse acabar com esse homem, se eu pudesse livrar a sociedade dele, sentiria que minha própria carreira tinha alcançado seu ápice e estaria preparado para dar um rumo mais sossegado à minha vida. Cá entre nós, os recentes casos nos quais fui de ajuda à família real da Escandinávia e à república francesa me deixaram em uma tal posição que eu poderia continuar vivendo de maneira mais tranquila e concentrar minha atenção em minhas pesquisas químicas. Mas não poderia descansar, Watson, não poderia ficar quieto em minha poltrona se eu soubesse que um homem como o professor Moriarty está caminhando pelas ruas de Londres sem ninguém para enfrentá-lo.

– O que fez ele?

– Sua carreira é extraordinária. Ele é um homem de berço e educação excelentes, dotado de uma capacidade fenomenal para a matemática. Aos 21 anos, escreveu um tratado sobre o teorema binominal que foi um sucesso na Europa. Em virtude disso, ganhou a cadeira de Matemática em uma de nossas universidades menores, e teve, pelo que parece, uma carreira brilhante. Mas o homem tinha tendências hereditárias do tipo mais diabólico. Uma tendência criminosa corria em seu sangue, a qual, em vez de ter se modificado, aumentou, e ele se tornou infinitamente mais perigoso, graças aos seus poderes mentais extraordinários. Rumores obscuros circulavam na cidade universitária, e ele foi compelido a resignar da cadeira e voltar a Londres, onde se estabeleceu como instrutor do exército. Isso é tudo o que o mundo sabe, mas o que eu vou lhe contar agora fui eu mesmo quem descobriu.

"Como você sabe, Watson, ninguém conhece tão bem a elite do mundo criminal de Londres como eu. Durante anos, estive consciente da presença de um certo poder por trás do malfeitor, um poder profundamente organizado que sempre se coloca no caminho da lei e protege aquele que age mal. Diversas vezes, em casos dos mais variados, como falsificação, roubo, assassinato, senti a presença dessa força e deduzi sua ação em muitos dos crimes não resolvidos, nos quais eu não fora consultado pessoalmente. Durante anos, pretendi levantar o véu que amortalhava tudo isso, e afinal veio o momento em que agarrei o rasto e o segui, até que, depois de mil voltas sinuosas, ele me conduziu ao ex-professor Moriarty, celebridade matemática.

"Ele é o Napoleão do crime, Watson. É o organizador de metade do que está mal e de quase tudo o que não é resolvido nesta grande cidade. Ele é um gênio, um filósofo, um pensador abstrato. Tem um cérebro de primeira ordem.

Ele está imóvel, como uma aranha no centro de sua teia, mas essa teia tem mil filamentos, e ele conhece bem o movimento de cada um deles. Ele quase não age. Só planeja. Mas seus agentes são numerosos e magnificamente organizados. Há um crime a ser feito, um papel a ser subtraído, digamos, uma casa a ser roubada, um homem a ser raptado – a palavra é passada ao professor, a coisa é organizada e levada a cabo. O agente pode ser pego. Nesse caso, surge dinheiro para sua fiança ou defesa. Mas o poder central que comanda o agente nunca é pego – nem mesmo é posto sob suspeita. Foi esta a organização que eu imaginei, Watson, e à qual dediquei toda minha energia para revelar e desfazer.

"Mas o professor cercou-se por todos os lados com proteções tão inteligentes que, seja lá o que eu faça, parece impossível encontrar alguma evidência que o condene num tribunal. Você conhece meus dons, meu caro Watson, mas, após três meses, sou forçado a confessar que encontrei, por fim, um antagonista intelectualmente do meu nível. Meu horror aos seus crimes se misturava à minha admiração por suas habilidades. Mas afinal ele veio a cometer um erro; um erro pequeno, mas maior do que ele poderia ter se permitido, quando eu estava tão próximo. Tive a minha chance e, a partir daquele ponto, teci minha rede ao redor dele, e agora estou prestes a fechá-la. Em três dias – quer dizer, na segunda-feira próxima –, certas coisas estarão maduras, e o professor, com todos os sócios principais de sua quadrilha, estará nas mãos da polícia. Então haverá o maior julgamento criminal do século, o esclarecimento de mais de quarenta mistérios, e a forca para todos eles; mas se nos movermos prematuramente, você compreende, eles podem deslizar para fora de nossas mãos na última hora.

"Agora, se eu pudesse ter feito isso sem o conhecimento do professor Moriarty, tudo estaria bem. Mas ele foi muito sagaz e percebeu todos os passos que dei para lançar a armadilha em torno dele. Várias vezes ele tentou fugir, mas sempre o impedi. Digo-lhe, meu amigo, que se um relato detalhado dessa competição silenciosa pudesse ser escrito, seria considerado o mais brilhante apanhado de golpes e contragolpes da história da investigação. Nunca subi tão alto e nunca fui tão duramente pressionado por um oponente. Ele cortou fundo, e eu, mais fundo ainda. Esta manhã foram dados os últimos passos, e só são necessários três dias para completar o negócio. Estava eu sentado em meu quarto, refletindo sobre o assunto, quando a porta se abriu e o professor Moriarty parou diante de mim.

"Meus nervos são bastante fortes, Watson, mas devo confessar que tomei um susto quando vi, no limiar da minha porta, o homem que tanto tinha estado em meus pensamentos. Sua aparência me era bastante familiar. Ele é muito alto e magro, a fronte se sobressai numa curva branca, e os olhos se afundam no rosto. Usa a barba bem feita, é pálido, de aparência ascética, tendo algo professoral em suas características. Seus ombros são arredondados de tanto estudar, e a cabeça projeta-se para frente, oscilando contínua e vagarosamente de um lado para outro, como um réptil. Ele me observou com grande curiosidade em seus olhos enrugados.

"– O senhor tem um desenvolvimento frontal menor do que eu esperava – disse ele, afinal. – É um hábito perigoso engatilhar armas de fogo no bolso do roupão.

"O fato é que, logo que ele entrou, percebi imediatamente o perigo extremo no qual me encontrava. Sua única fuga concebível seria silenciar-me. Imediatamente, eu passei, sem que ele notasse, o revólver da gaveta para o meu bolso e o escondi com o roupão. À observação dele, tirei a arma e coloquei-a sobre a mesa. Ele ainda sorriu e piscou, mas havia algo nos seus olhos que me deixaram contente por ela estar ali.

"– O senhor evidentemente não me conhece – disse ele.

"– Pelo contrário – respondi –, penso que é bastante evidente que o conheço. Pegue uma cadeira, por favor. Posso dar ao senhor cinco minutos, se tiver algo a dizer.

"– Tudo aquilo que eu tenho a dizer já passou por sua mente – disse ele.

"– Então possivelmente minha resposta já passou pela sua – retruquei.

"– O senhor se levanta rápido?

"– Muito rápido!

"Ele meteu a mão no bolso, e eu peguei a pistola da mesa. Mas ele tirou de dentro apenas um memorando, no qual tinha rabiscado algumas datas.

"– O senhor cruzou meu caminho em 4 de janeiro – disse ele. – No dia 23, me incomodou; pelo meio de fevereiro, o senhor me atrapalhou seriamente; ao término de março, tive meus planos absolutamente impedidos; e agora, ao fim de abril, encontro-me em tal posição por causa de sua perseguição ininterrupta que corro verdadeiramente o risco de perder a liberdade. A situação está se tornando impossível.

"– Tem alguma sugestão a fazer? – perguntei.

"– É preciso que pare com isso, senhor Holmes – disse ele, balançando a cabeça. – Sabe disso.

"– Depois de segunda-feira – disse eu.

"– Basta, basta – disse ele. – Estou seguro de que um homem de sua inteligência sabe que só pode haver uma saída para tudo isso. É necessário que o senhor se retire. O senhor retorceu as coisas de tal maneira que só nos deixou um recurso. Foi um desafio intelectual acompanhar o modo como o senhor se agarrou a esse negócio, e eu digo, sem afetação, que seria uma aflição para mim se eu fosse forçado a tomar qualquer medida extrema. O senhor sorri, mas eu lhe asseguro de que é verdade.

"– O perigo faz parte do meu trabalho – observei.

"– Isso não é nenhum perigo – disse ele. – É a destruição inevitável. O senhor está no caminho não apenas de um indivíduo, mas de uma organização poderosa, cuja extensão o senhor, com toda a sua inteligência, não foi capaz de perceber. Precisa cair fora, ou será esmagado.

"– Temo – disse eu, me levantando – que pelo prazer

dessa conversa eu esteja negligenciando negócios de importância que me esperam em outro lugar.

"Ele também levantou e olhou para mim em silêncio, meneando a cabeça tristemente.

"– Bem, bem – disse ele, afinal. – É uma pena, mas fiz o que pude. Conheço todo o seu jogo. O senhor não pode fazer nada antes de segunda-feira. Foi um duelo entre nós dois, senhor Holmes. O senhor espera levar-me ao tribunal. Eu lhe direi que nunca irei ao tribunal. O senhor espera derrubar-me. Eu lhe digo que nunca me derrubará. Se o senhor for inteligente o suficiente para conseguir me prejudicar, fique descansado que farei o mesmo consigo.

"– Fez-me vários elogios, senhor Moriarty – disse eu. – Deixe que lhe retribua com um, ao lhe dizer que, se eu estiver seguro da primeira eventualidade, eu, no interesse do público, aceitarei alegremente a segunda.

"– Posso lhe prometer uma, mas não a outra – ele rosnou, e assim voltou as costas para mim e saiu do quarto desapontado.

"Essa foi minha estranha conversa com o professor Moriarty. Confesso que deixou um efeito desagradável em minha mente. A forma suave e precisa com que ele falou produziu uma impressão de sinceridade que um mero tirano não conseguiria produzir. Claro, você dirá: por que não toma precauções e coloca a polícia atrás dele? A razão é que estou convencido de que é dos seus agentes que virá o golpe. Tenho provas de que é assim que vai ocorrer."

– Você já foi atacado?

– Meu caro Watson, o professor Moriarty não é um homem que deixe a grama crescer debaixo de seus pés. Saí ao meio-dia, para tratar de uns negócios na Oxford Street. Assim que passei a esquina que leva da Bentinck Street para a Welbeck Avenue, um carroção de transportar mobília, de dois cavalos, furiosamente dirigido, zumbiu em minha direção como um raio. Pulei para o passeio e salvei-me pela fração de um segundo. O carroção saiu numa disparada pela Marylebone Lane e depois desapareceu. Eu me mantive na calçada depois disso, Watson, mas quando desci a Vere Street, um tijolo caiu do telhado de uma das casas, quebrando-se aos meus pés. Chamei a polícia, e eles examinaram o lugar. Havia ardósias e tijolos empilhados no telhado, os quais seriam usados para algum conserto, e fizeram-me acreditar que o vento tinha derrubado alguns. Claro que eu sabia que não, mas não poderia provar nada. Chamei um táxi depois disso e fui à casa de meu irmão, em Pall Mall, onde passei o dia. Agora vim até aqui e no trajeto fui atacado por um biltre com um cacetete. Derrubei-o, e a polícia o tem sob custódia; mas posso lhe dizer com absoluta confiança que nenhuma conexão possível jamais será traçada entre o cavalheiro em cujos dentes rompi minhas juntas e o professor de matemática aposentado, que está, ouso dizer, resolvendo problemas num quadro negro a dezesseis quilômetros de distância. Você não se surpreenderá, Watson, que meu primeiro ato ao entrar em sua casa tenha sido o de fechar as venezianas, e que fui compelido a pedir sua permissão para utilizar uma saída menos conspícua que a porta da frente.

Muitas vezes, eu tinha admirado a coragem de meu amigo, mas nunca mais que agora, enquanto sentava calmo, relatando a série de incidentes que compunham um dia de horror.

– Você passará a noite aqui? – perguntei.

– Não, meu amigo, eu seria um convidado perigoso. Já fiz meus planos, e tudo ficará bem. As coisas já estão tão encaminhadas de modo que podem andar sem minha ajuda, no que diz respeito à prisão, embora minha presença seja necessária para prova de culpabilidade. Então, o melhor que tenho a fazer é sumir durante os poucos dias que faltam antes de a polícia ficar livre para agir. Seria um grande prazer para mim, portanto, se pudesse vir ao continente comigo.

– A clínica está calma – disse eu –, e tenho um vizinho obsequioso. Será um prazer acompanhá-lo.

– Partimos amanhã de manhã?

– Se necessário.

– Oh, sim, é muito necessário. Eu imploro, meu caro Watson, que você obedeça à risca minhas instruções, pois agora está jogando um jogo a quatro mãos comigo contra o velhaco mais astuto e o sindicato do crime mais poderoso da Europa. Agora escute! Você despachará qualquer bagagem que pretenda levar por intermédio de um mensageiro fiel, sem endereço, para a estação Victoria, esta noite. Pela manhã, você mandará chamar um carro de praça, pedindo ao homem que não pare nem o primeiro nem o segundo que se apresentar. Entre nesse carro e corra para a Strand, no fim do Lowther Arcade, passando o endereço ao cocheiro numa tira de papel, com a recomendação de que ele não a jogue fora. Tenha o dinheiro na mão para pagar, e, no momento em que seu táxi parar, meta-se pela arcada, tomando as precauções para chegar ao outro lado às 9h15. Você encontrará um carro fechado e pequeno esperando no meio-fio, dirigido por um indivíduo com um capote preto pesado, com a gola vermelha. Entre nesse carro e chegará à estação Victoria a tempo de pegar o Expresso Continental.

– Onde eu o encontrarei?

– Na estação. O segundo vagão da primeira classe, a contar a partir da frente, estará reservado para nós.

– Nos encontraremos no vagão, então?

– Sim.

Foi em vão que pedi a Holmes que permanecesse durante a noite. Era evidente para mim, entretanto, que ele poderia trazer dificuldades à casa na qual estivesse, e que esse era o motivo que o impelia a ir. Com algumas palavras apressadas quanto a nossos planos do dia seguinte, saiu comigo para o jardim, onde subiu pelo muro que dá na Mortimer Street. Assobiou imediatamente para um carro, no qual o ouvi sair.

Pela manhã, obedeci às injunções de Holmes na carta. Um carro foi procurado com toda a precaução, a fim de prevenir que o tivessem preparado para nós, e fui, imediatamente após o café da manhã, para o Lowther Arcade, pelo qual eu passei no máximo de minha velocidade. Um carro fechado estava esperando com um motorista gordo embrulhado em um capote escuro que, logo que entrei, chicoteou o cavalo e rumou para a estação Victoria. Quando desci, ele fez a volta com a carruagem e saiu apressado novamente, sem lançar qualquer olhar em minha direção.

Até aí, tudo tinha corrido admiravelmente. Minha bagagem estava esperando por mim, e não tive nenhuma dificuldade em achar o vagão que Holmes indicara, sendo o único no trem que tinha uma placa de *reservado*. Minha única fonte de ansiedade agora era o fato de Holmes não ter aparecido. O relógio da estação indicava que faltavam só sete minutos para partir. Em vão eu procurei a figura de meu amigo entre os grupos de viajantes e carregadores. Não havia nenhum sinal dele. Passei alguns minutos ajudando um venerável padre italiano que se esforçava por fazer o carregador entender, no seu inglês estropiado, que sua bagagem devia ser endereçada para Paris. Então, tendo dado outra olhada em volta, voltei ao meu vagão, onde achei que, apesar do bilhete, tinham me dado por engano o amigo italiano decrépito como companheiro de viagem. Era inútil explicar a ele que a sua presença não era bem-vinda, pois o meu italiano conseguia ser mais limitado do que o inglês dele. Sendo assim, dei de ombros, resignadamente, e continuei olhando para fora, com ansiedade, em busca de meu amigo.

Um frio de medo me percorreu a espinha, pois pensei que sua ausência pudesse significar que algum golpe o tivesse abatido durante a noite. As portas já tinham todas se fechado e o apito soprado, quando...

– Meu caro Watson – disse uma voz –, não me dá nem bom dia?

Virei-me, assustado. O velho eclesiástico tinha virado o rosto para mim. Num instante, as rugas tinham sido alisadas, o nariz puxado para longe do queixo. O lábio inferior deixou de projetar-se, e a boca parou de tremer; os olhos sombrios recuperaram seu fogo, e a figura curvada ergueu-se. No instante seguinte, a armação inteira tornou a descer, e Holmes se foi tão depressa quanto viera.

– Céus! – gritei –, como você me assustou!

– Toda precaução é ainda necessária – ele sussurrou. – Eu tenho razão para pensar que estão em nossa cola. Ah, lá está o próprio Moriarty.

O trem já tinha começado a se mover, enquanto Holmes falava. Olhando para trás, vi um homem alto, abrindo caminho furiosamente pela multidão e acenando a mão, como se quisesse parar o trem. Porém, era muito tarde, porque ganhávamos impulso rapidamente e logo tínhamos deixado a estação como uma flecha.

– Com todas as precauções, você vê que nos safamos por pouco – disse Holmes, rindo. Ele se levantou e, livrando-se da batina e do chapéu que tinham constituído o seu disfarce, os guardou em uma sacola de mão.

– Você leu o jornal matutino, Watson?

– Não.

– Não viu nada sobre Baker Street, então?

– Baker Street?

– Alvejaram nossos quartos, à noite passada. Não causaram grandes danos.

– Céus, Holmes! Isso é intolerável.

– Eles devem ter perdido meu rasto completamente, depois que o homem que me agrediu foi preso. Caso contrário, não teriam imaginado que eu tivesse voltado para casa. Entretanto, eles tomaram a precaução de vigiar você, e foi isso, evidentemente, que trouxe Moriarty à estação Victoria. Você não cometeu algum deslize em sua vinda?

– Fiz o que você aconselhou, exatamente.

– Você achou o carro fechado?

– Sim, estava esperando.

– Você reconheceu o cocheiro?

– Não.

– Era meu irmão Mycroft. É uma vantagem em tais casos não precisar confiar num mercenário. Mas temos que planejar o que faremos agora com relação a Moriarty.

– Como esse trem é um expresso em movimento, eu creio que nós nos livramos dele.

– Meu caro Watson, você não percebeu, evidentemente, o significado daquilo que eu disse quanto a esse homem poder ser colocado no mesmo patamar intelectual que eu. Você não imagina que, se eu fosse o perseguidor, me permitiria ser confundido por um obstáculo tão pequeno. Por que, então, você deveria pensar isto dele?

– O que ele fará?

– O que eu faria?

– O que você faria, então?

– Fretaria um trem.

– Mas deve ser tarde para isso.

– De modo algum. Este trem para em Canterbury; e lá sempre fica pelo menos um quarto de hora. Ele nos pegará lá.

– Parece até que nós somos os criminosos. Temos que prendê-lo quando aparecer.

– Seria arruinar um trabalho de três meses. Pegaríamos o peixe grande, mas os menores se arremessariam à direita e à esquerda, fugindo da rede. Na segunda-feira, nós pegaremos todos. Não, uma prisão é inadmissível.

– O que fazer então?

– Desceremos em Canterbury.

– E depois?

– Bem, então faremos um passeio pelos campos até Newhaven, e dali subiremos para Dieppe. Moriarty fará, mais uma vez, o que eu faria. Ele seguirá para Paris, identificará nossa bagagem e esperará por dois dias no depósito. Enquanto isso, nós nos divertiremos cada um enchendo uma mala, assim estimulando a indústria do país que estivermos atravessando e seguiremos em nosso vagar para a Suíça, Luxemburgo e Basle.

Descemos, assim, em Canterbury, e descobrimos que teríamos de esperar uma hora, para pegar um trem para Newhaven.

Eu ainda estava olhando muito tristemente para o carro de bagagem que desaparecia rapidamente, com meu guarda-roupa, quando Holmes me puxou pela manga, apontando para os trilhos.

– Lá, veja – disse ele.

Longe, entre os bosques de Kentish, surgiu um novelo tênue de fumaça. Um minuto depois, era possível ver um vagão voando pela curva aberta que conduz à estação. Pouco tempo tivemos para achar um lugar atrás de uma pilha de bagagem, quando ele passou com um ronco e um estrondo, explodindo ar quente em nossas faces.

– Lá vai ele – disse Holmes, enquanto assistíamos o carro balançar sobre as agulhas. – Há limites, você vê, para a inteligência do nosso amigo. Teria sido um *coup-de-maître* se tivesse deduzido o que eu deduziria e agisse de acordo.

– E o que ele teria feito, se tivesse nos alcançado?

– Não há dúvida de que ele teria desferido um ataque assassino sobre mim. Porém, é um jogo que os dois podem jogar. A pergunta, agora, é se nós deveríamos almoçar aqui, ou correr o risco de passar fome até chegar a Newhaven.

Viajamos para Bruxelas naquela noite e ficamos por lá dois dias, indo no terceiro dia para Estrasburgo. Na segunda-feira pela manhã, Holmes telegrafou à polícia de Londres, e pela noite uma resposta esperava por nós em nosso hotel. Holmes rasgou-a para abrir, e então, com uma maldição, lançou-a no fogo.

– Eu deveria saber – gemeu. – Ele escapou!

– Moriarty?

– Prenderam todo o bando, com exceção dele. Ele os enganou. Claro, quando eu saí do país, não havia ninguém para enfrentá-lo. Mas eu pensei ter colocado o jogo nas mãos deles. Creio que é melhor retornar à Inglaterra, Watson.

– Por quê?

– Porque serei um companheiro perigoso agora. O trabalho daquele homem se acabou. Ele estará perdido se voltar a Londres. Se eu percebi direito o seu caráter, creio que dedicará todas a sua energia para se vingar de mim. Ele disse muita coisa em nossa breve entrevista, e creio que foi isso que ele quis dar a entender. Recomendo-lhe, portanto, que volte ao seu trabalho.

Tratava-se de um apelo que dificilmente seria atendido por um velho companheiro ou um velho amigo. Sentamos na *salle-à-manger* de Estrasburgo, discutindo a questão por cerca de uma hora, mas na mesma noite retomamos nossa viagem, pondo-nos a caminho de Genebra.

Durante uma semana encantadora, vagamos pelo vale do Reno, e então, desviando-nos para Leuk, seguimos pelo Gemmi Pass, ainda afundado em neve, e, por Interlaken, rumamos para Meiringen. Era uma viagem adorável, o verde delicado da primavera abaixo, o branco virgem do inverno acima; mas eu sabia que nunca, sequer por um momento, Holmes se esqueceu da sombra que pairava sobre ele. Nos humildes vilarejos alpinos, ou nas passagens solitárias das montanhas, eu poderia ainda dizer, pelos rápidos relances de seus olhos, e o exame penetrante que ele fazia de todas as faces que passavam por nós, que ele estava convicto de que, andássemos por onde fosse, não poderíamos nos afastar do perigo que nos perseguia.

Uma vez, lembro-me, quando passávamos pelo Gemmi e caminhávamos pela margem do melancólico Daubensee, uma enorme rocha rolou montanha abaixo e caiu com estrondo no lago atrás de nós. Em um instante, Holmes tinha corrido até o cume da montanha, e, mantendo-se de pé sobre um pináculo alto, alçou o pescoço em todas as direções. Foi em vão que nosso guia o assegurou de que a queda de pedras era um evento comum na primavera. Ele não disse nada, mas sorriu para mim com o ar de um homem que vê se cumprir o que tinha esperado.

E no entanto, apesar de toda a sua vigilância, ele não estava deprimido. Pelo contrário, lembro nunca tê-lo visto em tal espírito exuberante. Sucessivas vezes, recorria ao fato de que, se tivesse certeza de que a sociedade tinha sido livrada do professor Moriarty, ele levaria, alegremente, sua própria carreira a uma conclusão.

– Creio poder ir tão longe a ponto de dizer, Watson, que não vivi completamente em vão – observou. – Se meus trabalhos se encerrassem essa noite, eu ainda poderia avaliá-los com serenidade. O ar de Londres é mais doce por causa de minha presença. Em mais de mil casos, não tenho consciência de alguma vez ter usado meus poderes no lado errado. Ultimamente, fui tentado a olhar para os problemas causados pela natureza, em vez desses mais superficiais, pelos quais a nossa sociedade é responsável. Suas memórias terão um fim, Watson, no dia em que eu coroar minha carreira com a captura ou o fim do criminoso mais perigoso e capaz da Europa.

Serei breve, e não obstante exato, no pouco que resta para contar. Não é um assunto no qual eu me deteria de boa vontade, e ainda assim estou consciente de que um dever me obriga a não omitir nenhum detalhe.

Foi no dia três de maio que nós chegamos à pequena aldeia de Meiringen. Lá nos alojamos no Englischer Hof, pertencente a Peter Steiler, o ancião. Nosso proprietário era um homem inteligente e falava excelentemente o inglês, depois de ter trabalhado durante três anos como garçom no Hotel de Grosvenor, em Londres. A conselho dele, na tarde do dia 4, partimos com a intenção de cruzar as colinas e passar a noite no vilarejo de Rosenlaui. Entretanto, tínhamos ordens estritas para não passarmos as quedas do Reichenbach, que estão mais ou menos a meio caminho da montanha, sem fazer uma pequena volta para vê-las.

Realmente é um lugar assombroso. A queda d'água, acrescida da neve em degelo, mergulha em um tremendo abismo, do qual o vapor se ergue como a fumaça de uma casa incendiando. O rio lança-se em um imenso precipício, circundado de rochas brilhantes e negras como o carvão, e que se estreitam numa cova fervente de espuma e profundidade incalculável, que lança a corrente para sua orla dentada. A longa voragem de água verde que cai rugindo e a cortina grossa de vapor que sobe assobiando causam vertigem pelo constante redemoinho e clamor. Paramos próximos à margem olhando a água se rompendo contra as rochas negras muito abaixo e escutando o ruído como um grito humano que subia do abismo com o vapor, chegando até nós.

O caminho foi aberto em semicírculo ao redor da cachoeira, para proporcionar uma visão completa, mas termina abruptamente, e o viajante tem que voltar por onde veio. Nós tínhamos resolvido fazer isso, quando vimos um rapaz vindo em nossa direção, correndo com uma carta. Levava a marca do hotel do qual há pouco tínhamos partido e era endereçada a mim pelo proprietário.

Parecia que, pouquíssimos minutos depois de nossa partida, uma senhora inglesa tinha chegado e estava em estado crítico. Tinha passado o inverno em Davos-Platz e estava viajando para se encontrar com amigos em Lucerne, quando uma hemorragia súbita a abateu. Pensava-se que teria apenas algumas horas de vida, mas seria um grande consolo para ela ver um doutor inglês, e se eu apenas voltasse etc. O bom Steiler assegurava-me, em um pós-escrito, que ele consideraria minha anuência como um enorme favor, já que a senhora recusava-se absolutamente a ver um médico suíço, e ele não podia deixar de sentir que estava incorrendo em uma grande responsabilidade.

O apelo era tal que não podia ser ignorado. Era impossível recusar o pedido de uma concidadã que estava morrendo em uma terra estranha. Tive ainda minhas dúvidas sobre deixar Holmes. Porém, finalmente ele concordou em reter consigo o jovem mensageiro suíço, como guia e companheiro, enquanto eu voltava a Meiringen. Meu amigo pretendia se demorar algum tempo na cachoeira, e então escalaria lentamente a montanha até Rosenlaui, onde eu me reuniria com ele pela noite. Enquanto me virava, vi Holmes, com as costas contra uma rocha e os braços cruzados, contemplando abaixo o correr das águas. Foi a última vez que o destino me permitiu vê-lo neste mundo.

Quando eu estava próximo ao fim da descida, olhei para trás. Era impossível, daquela posição, ver a cachoeira, mas eu podia ver o caminho sinuoso que serpenteia sobre o ombro da montanha e conduz a ela. Ao longo deste, havia um homem, me lembro, caminhando muito rapidamente.

Eu podia ver, claramente, sua figura negra contra o verde.

Eu observei a energia com que andava, mas ele fugiu novamente de minha mente, enquanto eu me apressava para minha incumbência.

Devo ter gasto pouco mais de uma hora, até alcançar Meiringen. O velho Steiler estava parado na varanda do hotel.

– Bem – disse eu, apressado. – Espero que ela não tenha piorado.

Um olhar de surpresa passou pelo seu rosto, e ao primeiro tremor das sobrancelhas dele, meu coração saltou-me do peito.

– O senhor não escreveu isso? – perguntei, enquanto puxava a carta de meu bolso. – Não há nenhuma senhora inglesa doente no hotel?

– Certamente que não! – ele gritou. – Mas há aqui a marca do hotel! Deve ter sido escrito por aquele inglês alto que entrou depois de vocês terem saído. Ele disse...

Mas eu não esperei por nenhuma das explicações do proprietário. No zunir do terror, eu já corria a rua da aldeia abaixo, precipitando-me pelo caminho que tão recentemente tinha descido. Levei uma hora para chegar lá embaixo. Apesar de todos os meus esforços, duas outras tinham se passado antes de eu me encontrar mais uma vez na cachoeira de Reichenbach. Lá estava o bastão de alpinismo de Holmes, ainda apoiado contra a rocha sobre a qual eu o tinha o deixado. Mas não havia nenhum sinal dele, e foi em vão que gritei. Minha única resposta foi minha própria voz reverberando num eco nos penhascos ao redor.

Foi a visão daquele bastão de alpinismo que me abateu. Ele não tinha ido para Rosenlaui, então. Tinha permanecido naquele caminho de menos de um metro de largura, com uma parede íngreme de um lado e uma queda do outro, até que o inimigo o tinha colhido dali. O jovem suíço também desaparecera. Devia ter sido pago por Moriarty, e deve ter deixado os dois homens juntos. Mas, então, o que teria acontecido? Quem nos contaria o que tinha acontecido, então?

Permaneci fora de mim por um ou dois minutos, ofuscado pelo horror da coisa. Então comecei a pensar nos próprios métodos de Holmes e a tentar praticá-los para desvendar essa tragédia. Foi fácil. Durante nossa conversa, não tínhamos ido até o fim do caminho, e o bastão de alpinista marcava o lugar onde paramos. A terra enegrecida é fofa todo o tempo, pelo vento incessante de vapor, e até mesmo um pássaro deixaria ali sua marca. Duas linhas de pegadas eram claramente visíveis ao longo da extremidade mais distante do caminho, conduzindo para longe de mim. Não havia nenhuma retornando. A alguns metros do fim, o solo estava todo fendido, num remendo de lama, e as samambaias que orlavam a beira do precipício estavam despedaçadas e sujas. Baixei o rosto e observei, com o vapor borbotando para cima ao meu redor. Tinha escurecido desde minha partida, e agora eu só poderia ver, aqui e lá, o brilho de umidade nas paredes pretas e, muito abaixo, o término da queda d'água se quebrando. Gritei; mas apenas esse mesmo grito, meio humano, respondeu-me da cachoeira.

Mas estava destinado que eu deveria ter, depois de tudo, uma última palavra de saudação de meu amigo e camarada. Eu disse que o bastão de alpinista dele estava apoiado contra uma rocha que se projetava do caminho. Em cima desse bloco, algo luminoso atraiu meu olhar, e, cobrindo os olhos com a mão, descobri que vinha da cigarreira prateada que ele carregava. Ao levantá-la, um pequeno retângulo de papel, sobre o qual ela estava, caiu tremulando no chão. Desdobrando-o, achei três páginas rasgadas do seu livro de notas, as quais se dirigiam a mim. Eram características do homem cujo rumo era preciso, e a escrita, firme e clara, como se tivessem sido escritas em seu escritório.

Meu querido Watson [dizia], escrevo estas poucas linhas por cortesia do senhor Moriarty, que me deixou escolher o momento para a discussão final das questões pendentes entre nós. Ele me fez um esboço dos métodos pelos quais evitou a polícia inglesa e manteve-se informado de nossos movimentos. Tais métodos confirmam, certamente, a alta opinião que eu tinha formado das habilidades dele. Fico contente de pensar que livrarei a sociedade de sua presença, entretanto, temo que será às custas do que trará dor a meus amigos e, especialmente, meu caro Watson, a você.

Eu já havia lhe explicado, porém, que minha carreira tinha chegado ao ápice, e que nenhum possível final estaria mais a meu gosto do que este. E na realidade, se me permite fazer uma confissão completa, eu estava totalmente convencido de que a carta de Meiringen era falsa, e se lhe permiti partir, foi persuadido de que algo desse tipo se seguiria. Diga ao inspetor Patterson que os documentos de que ele precisa para condenar a quadrilha estão na repartição M da escrivaninha, em um envelope azul com a inscrição Moriarty. Fiz toda a disposição de minhas propriedades antes de deixar a Inglaterra e passei-a para meu irmão, Mycroft. Dê minhas saudações à senhora Watson, e acredite em mim, para sempre, querido companheiro.

Muito sinceramente,

Sherlock Holmes

Algumas palavras bastam para contar o pouco que resta. O exame dos peritos deixa pouca dúvida de que uma luta entre os dois homens terminou, como não podia deixar de ser, na queda deles, presos nos braços um do outro. Qualquer tentativa de recuperar os corpos estava absolutamente condenada, e lá, muito abaixo, naquele terrível caldeirão de água e espuma, repousarão por todo o sempre o criminoso mais perigoso e o campeão da lei de sua época. O jovem mensageiro nunca mais foi achado, e não há nenhuma dúvida de que ele era um dos numerosos agentes que Moriarty mantinha em serviço. Quanto à quadrilha, ainda hoje deve estar na memória do público o quanto as evidências que Holmes tinha acumulado expunham totalmente a sua organização e como pesava sobre eles a mão do homem morto. Do seu terrível chefe, poucos detalhes se conseguiram durante o processo, e se fui agora compelido a deixar um depoimento claro de sua carreira, foi devido a esses paladinos imprudentes que tentaram limpar sua memória atacando aquele que sempre vou considerar o melhor e o mais sábio homem que alguma vez conheci.

A casa vazia

Foi na primavera de 1894 que repercutiu em toda a Londres, e consternou a sociedade elegante, o assassinato do *honourable** Ronald Adair, sob as circunstâncias mais estranhas e inexplicáveis. O público conhece os pormenores do crime que vieram à tona na investigação policial; mas muita coisa foi suprimida na ocasião, já que os elementos de prova reunidos pela acusação eram tão fortes que a apresentação de todos os fatos não se fez necessária. Somente agora, após quase dez anos, me é permitido apresentar esses elos perdidos que formam o todo daquela cadeia extraordinária. O crime em si era interessante, mas esse interesse não representava nada para mim comparado com sua inconcebível sequência, que me proporcionou o maior choque e surpresa do que qualquer evento em minha vida de aventuras. Mesmo agora, após esse longo intervalo, a emoção me abala quando penso sobre ele, e sinto mais uma vez aquela súbita torrente de alegria, assombro e incredulidade que se apossou da minha mente. Deixe-me dizer para o público, que demonstrou algum interesse naqueles traços que apresentei ocasionalmente dos pensamentos e ações de um homem muito extraordinário, que não deve censurar-me se não compartilhei meu conhecimento com ele, pois considerava como meu primeiro dever fazê-lo, se não tivesse sido impedido por uma proibição expressa dos seus próprios lábios que só foi retirada no dia 3 do mês passado.

Pode-se imaginar que a minha intimidade com Sherlock Holmes me despertasse profundo interesse pela crimina-

* Título honorífico dado aos filhos de barões, viscondes e condes na Inglaterra. (N. T.)

lística, e que após o desaparecimento de meu amigo, nunca deixasse de ler com cuidado os vários casos que foram levados a público e até tentasse mais de uma vez, para minha satisfação pessoal, empregar os seus métodos na solução desses casos, embora com um sucesso insignificante. Não houve nenhum, no entanto, que me atraiu tanto quanto a tragédia de Ronald Adair. Quando li as provas no inquérito que levaram ao veredicto de assassinato premeditado cometido por pessoa ou pessoas desconhecidas, compreendi com mais clareza do que nunca a perda que a comunidade havia sofrido com a morte de Sherlock Holmes. Havia pontos a respeito desse estranho caso que o teriam atraído especialmente, tenho certeza, e os esforços da polícia teriam sido amparados, ou mais provavelmente antecipados, pela observação treinada e a mente alerta do primeiro criminalista da Europa. Durante todo o dia, enquanto fazia minhas visitas, revirei o caso na mente e não encontrei nenhuma explicação que me parecesse adequada. Correndo o risco de contar uma história duas vezes, vou recapitular os fatos tal como ficaram conhecidos pelo público na conclusão do inquérito.

O *honourable* Ronald Adair era o segundo filho do conde de Maynooth, na época governador de uma das colônias australianas. A mãe de Adair voltara da Austrália para fazer uma operação de catarata, e ela, o filho Ronald e a filha Hilda estavam vivendo juntos no número 427 da Park Lane. Os jovens passaram a frequentar a alta sociedade e não tinham, até onde se sabe, nenhum inimigo ou vício em particular. Ele fora noivo da srta. Edith Woodley, de Carstairs, mas o noivado fora desfeito alguns meses antes de comum acordo, e não havia sinal de que isso deixara qualquer ressentimento mais profundo. No mais, a vida do homem seguia em um círculo estreito e convencional, pois seus hábitos eram calmos e sua natureza, pouco emotiva. Contudo, foi sobre esse jovem e sereno aristocrata que a morte sobreveio da forma mais estranha e inesperada entre as dez horas e as onze e vinte da noite de 30 de março, 1894.

Ronald Adair gostava de jogar cartas e o fazia com frequência, mas nunca apostava de maneira a sofrer prejuízos. Era membro dos clubes de cartas Baldwin, Cavendish e Bagatelle. Ficou evidenciado que no dia da sua morte, após o jantar, jogara uma partida decisiva de *whist* no Bagatelle. Também jogara lá à tarde. Os testemunhos daqueles que haviam estado com ele – do sr. Murray, de *sir* John Hardy e do coronel Moran – revelavam que o jogo fora o *whist* e que houvera um certo equilíbrio na distribuição das cartas. Adair pode ter perdido cinco libras, mas não mais. A sua fortuna era considerável, e uma perda como essa em nada poderia afetá-lo. Ele jogava quase todos os dias em algum clube, mas era um jogador cauteloso, e normalmente saía vencedor. Ficou provado que em parceria com o coronel Moran, ele na realidade chegara a ganhar 420 mil libras em uma sessão algumas semanas antes, de Godfrey Milner e do lorde Balmoral. Essa era a sua história recente, como ela apareceu no inquérito.

Na noite do crime ele voltou do clube exatamente às dez. Sua mãe e sua irmã tinham saído à noite para visitar um parente. A criada disse no depoimento que o ouviu entrando no quarto da frente no segundo andar, geralmente usado como a sua sala de estar. Ela acendera o fogo ali e, por causa da fumaça, abrira a janela. Nenhum som foi ouvido até as onze e vinte, hora em que *lady* Maynooth e sua filha voltaram. Desejando dizer boa noite, ela tentara entrar no quarto do filho. A porta estava trancada por dentro e ela não conseguiu resposta alguma com os chamados e batidas. Com ajuda, a porta foi arrombada. O infeliz rapaz foi encontrado deitado próximo da mesa. A cabeça havia sido terrivelmente mutilada por uma bala de fragmentação, mas arma alguma de qualquer tipo foi encontrada no aposento. Sobre a mesa encontravam-se duas notas de dez libras e dezessete libras e dez *cents* em moedas de prata e ouro, dispostas em pequenas pilhas de diferentes montantes. Havia também alguns números anotados em uma folha de papel com os nomes de alguns amigos de clube do lado, a partir do que se conjeturou que antes da sua morte ele tentara verificar suas perdas e ganhos nas cartas.

Um exame minucioso das circunstâncias apenas serviu para tornar o caso mais complexo. Em primeiro lugar, não se chegou a conclusão alguma quanto ao motivo de o rapaz ter trancado a porta por dentro. Havia a possibilidade de que o assassino tivesse feito isso e depois escapado pela janela. No entanto, a queda era de ao menos sete metros, e embaixo havia um canteiro de açafrões em plena floração. Nem as flores, ou a terra, mostravam qualquer sinal de terem sido tocadas, tampouco havia qualquer marca sobre a faixa estreita de grama que separava a casa do caminho. Aparentemente, portanto, fora o próprio jovem que trancara a porta. Mas como ele encontrara a sua morte? Ninguém conseguiria subir na janela sem deixar rastros. Suponhamos que um homem tivesse atirado pela janela: teria sido realmente um tiro extraordinário para causar um ferimento tão mortal. Além disso, Park Lane é uma rua de tráfego intenso, e há um ponto de carros de aluguel a menos de cem metros da casa. Ninguém ouvira tiro algum. E, no entanto, havia um homem morto e uma bala de revólver que explodira, como acontece com balas de ponta macia, e assim provocara um ferimento que deve ter causado morte instantânea. Essas eram as circunstâncias do mistério de Park Lane, que foram mais complicadas ainda pela total ausência de um motivo, visto que, como eu disse, não se sabia que o jovem Adair tivesse qualquer inimigo, e nenhuma tentativa fora feita para roubar o dinheiro ou objetos de valor no aposento.

Durante todo o dia revolvi esses fatos na minha mente, esforçando-me para encontrar uma teoria que os conciliasse e descobrir aquela linha de menor resistência que o meu pobre amigo havia declarado ser o ponto de partida de qualquer investigação. Confesso que fiz pouco progresso. À tarde caminhei pelo parque e, às seis horas, vi-me na extremidade da Oxford Street com a Park Lane. Um grupo de curiosos na calçada, todos olhando para uma janela em particular, indicaram-me a casa que eu procurava. Um homem alto e magro, de óculos escuros, que suspeitei fortemente ser um detetive à paisana, expunha alguma teoria sua, enquanto os outros se amontoavam ao redor para ouvir o que ele dizia. Aproximei-me o máximo que pude, mas suas observações pareceram-me absurdas e então retirei-me novamente, com algum desagrado. Ao fazê-lo, esbarrei em um homem velho e disforme, que estava atrás de mim, e derrubei vários livros que ele carregava. Lembro que ao juntá-los observei o título de um deles, *The Origin of Tree Worship*, e ocorreu-me que o sujeito devia ser algum pobre bibliófilo que, por profissão ou passatempo, colecionava livros estranhos. Tentei pedir desculpas pelo acidente, mas era evidente que esses livros que eu tivera a infelicidade de derrubar eram objetos muito preciosos aos olhos do proprietário. Com um grunhido de desagrado, ele girou sobre os calcanhares e acompanhei a sua corcunda e suíças brancas desaparecendo no meio da multidão.

Minhas observações sobre o número 427 da Park Lane pouco me ajudaram a esclarecer o problema no qual eu estava interessado. A casa era separada da rua por um muro baixo com uma cerca, que não totalizavam mais do que um metro e meio. Era muito fácil, portanto, para qualquer um entrar no jardim; mas a janela era inteiramente inacessível, já que não havia calha ou qualquer coisa que pudesse ajudar o homem mais ágil a alcançá-la. Mais confuso do que nunca, voltei pelo mesmo caminho para Kensington. Não fazia cinco minutos que eu estava em meu escritório quando a criada entrou para dizer que uma pessoa queria me ver. Para minha surpresa, não era ninguém mais do que o estranho colecionador de livros, com seu rosto enrugado emoldurado pelos cabelos brancos, a perscrutar ao redor, e os volumes preciosos, uma dúzia deles pelo menos, apertados sob o braço direito.

– O senhor está surpreso em me ver – disse, em um tom de voz estranho.

Reconheci que estava.

– Bom, eu tenho uma consciência, senhor, e ao vê-lo entrar nesta casa, enquanto o seguia coxeando, pensei comigo mesmo, vou entrar e ver aquele gentil cavalheiro e lhe dizer que, se me mostrei um pouco grosseiro, não foi minha intenção, e que lhe sou muito grato por ter apanhado meus livros.

– O senhor está dando muita importância para o incidente – eu disse. – Posso lhe perguntar como o senhor sabia quem eu era?

– Bom, senhor, se não for tomar muita liberdade, sou seu vizinho, pois o senhor encontrará a minha pequena livraria na esquina da Church Street, e ficarei muito feliz em vê-lo, pode ficar certo. Talvez o senhor também seja um colecionador; aqui estão o *British Birds*, e *Catullus* e *The Holy War* – uma pechincha cada um deles. Com cinco volumes o senhor poderia preencher aquele espaço na segunda prateleira. Não parece desarrumada, senhor?

Virei a cabeça e olhei para a estante atrás de mim. Quando tornei a virar-me, Sherlock Holmes estava parado sorrindo para mim do outro lado da escrivaninha. Ergui-me de um salto, olhei-o por alguns segundos, completamente atônito, e então devo ter desmaiado pela primeira e última vez na minha vida. Certamente uma nuvem cinzenta dançou diante dos meus olhos, e quando ela passou, vi que meu colarinho fora desabotoado e senti o formigamento do conhaque nos lábios. Holmes estava inclinado sobre a minha cadeira, de frasco na mão.

– Meu caro Watson – disse a velha e conhecida voz –, eu lhe devo mil desculpas. Não fazia ideia de que você ficaria tão abalado.

Agarrei-o pelo braço.

– Holmes! – exclamei. – É você mesmo? Você pode realmente estar vivo? É possível que tenha conseguido sair daquele abismo terrível?

– Espere um momento! Você tem certeza de que está realmente em condições de discutir alguma coisa? Causei-lhe um choque sério com minha aparição desnecessariamente dramática.

– Estou bem, mas francamente, Holmes, mal posso acreditar em meus olhos. Por Deus, pensar que você – entre todos os homens – estaria aqui no meu escritório! – Mais uma vez agarrei-o pela manga e senti-lhe o braço magro e rijo. – Bom, em todo caso, você não é um espírito – eu disse. – Meu caro amigo, estou radiante em revê-lo. Sente-se e conte-me como você saiu vivo daquele terrível precipício.

Ele sentou-se diante de mim e acendeu um cigarro, com aquele seu jeito despreocupado. Estava vestido com a sobrecasaca puída do mercador de livros, mas o resto daquele indivíduo era uma pilha de cabelos brancos e livros velhos sobre a mesa. Holmes parecia mais magro e incisivo do que antigamente, mas havia uma palidez no rosto aquilino que me dizia que não levara uma vida saudável recentemente.

– Que bom poder esticar-me, Watson – ele disse. – Não é brincadeira quando um homem alto tem de diminuir trinta centímetros da sua estatura por várias horas a fio. Agora, meu caro amigo, com relação a essas explicações, se eu puder contar com a sua cooperação, temos uma noite de trabalho duro e perigoso à nossa espera. Talvez seja melhor eu fazer-lhe um relato de toda a situação quando o trabalho tiver terminado.

– Estou muito curioso. Eu preferiria ouvir agora.

– Virá comigo hoje à noite?

– Quando quiser e aonde quiser.

– Isso é realmente como nos bons tempos. Teremos tempo para um rápido jantar antes de partir. Bom, então, falemos do abismo. Não tive muita dificuldade em sair dele, pela simples razão de que nunca caí nele.

– Nunca caiu nele?

– Não, Watson, nunca caí nele. Meu bilhete para você foi absolutamente sincero. Tinha pouca dúvida de que havia chegado ao fim da minha carreira quando percebi a figura de certa forma sinistra do falecido professor Moriarty parado na estreita vereda que era a única saída daquele lugar perigoso. Li nos seus olhos cinzentos uma resolução inexorável. Troquei com ele alguns comentários e obtive a sua cortês permissão para escrever o curto bilhete que você recebeu depois. Deixei-o com minha cigarreira e bengala e segui pela vereda, com Moriarty ainda em meu encalço. Quando cheguei ao fim, estava acuado. Ele não sacou arma alguma, mas correu para mim e lançou seus longos braços à minha volta. Ele sabia que seu jogo chegara ao fim, e estava apenas ansioso em vingar-se de mim. Nós cambaleamos juntos à beira do precipício. Mas conheço um pouco de *baritsu*, o sistema japonês de luta romana, que mais de uma vez me foi muito útil. Consegui escapar dos seus braços, e, com um grito horrível, ele esperneou enlouquecido por alguns segundos e agarrou o ar com as mãos. Mas apesar de todos os seus esforços, não conseguiu recuperar o equilíbrio e caiu. Inclinado sobre o abismo, acompanhei sua longa queda. Então ele bateu em uma rocha, projetou-se do paredão e caiu na água.

Ouvi com espanto essa explicação, que Holmes me deu entre tragadas do seu cigarro.

– Mas e as marcas! – exclamei. – Eu vi com meus próprios olhos que duas pessoas seguiram a vereda e nenhuma voltou.

– Aconteceu assim. No momento em que o professor desapareceu, dei-me conta da sorte realmente extraordinária que o Destino havia colocado em meu caminho. Eu sabia que Moriarty não era o único homem que havia jurado minha morte. Havia pelo menos três outros cujo desejo de vingança sobre mim se acentuaria com a morte do seu líder. Todos eram homens muito perigosos. Um ou outro certamente me pegaria. Por outro lado, se todo o mundo estivesse convencido de que eu estava morto, esses homens se descuidariam, abririam a guarda, e cedo ou tarde eu conseguiria destruí-los. Então chegaria o momento para anunciar que eu ainda estava no mundo dos vivos. O cérebro age tão rapidamente que acredito que pensei tudo isso antes do professor Moriarty ter alcançado o fundo das Quedas de Reichenbach.

"Levantei-me e examinei a parede de pedra atrás de mim. Na sua pitoresca descrição do incidente, que li com grande interesse alguns meses mais tarde, você afirma que o paredão era escarpado. Isso não era bem verdade. Havia alguns pequenos pontos de apoio para os pés e uma ligeira indicação de uma saliência no rochedo. Ele era tão alto que escalá-lo todo parecia obviamente uma impossibilidade, e era igualmente impossível voltar pela vereda úmida sem deixar algumas marcas. Eu poderia, é verdade, ter virado minhas botinas, como o fiz em ocasiões similares, mas a impressão de três grupos de pegadas em uma direção certamente despertaria suspeitas. Em suma, então, era melhor arriscar-me a subir. Não foi algo agradável de se fazer, Watson. As quedas d'água rugiam abaixo de mim. Não sou uma pessoa fantasiosa, mas dou-lhe a minha palavra de que parecia que eu ouvia a voz de Moriarty gritando para mim do fundo do abismo. Um erro teria sido fatal. Mais de uma vez, quando os tufos de grama que eu usava para escalar não suportaram meu peso, ou o pé escorregou nas fendas úmidas da rocha, pensei que chegara meu fim. Mas lutei para seguir a escalada, e finalmente alcancei a saliência de um rochedo de alguns metros, coberta com um musgo verde macio, onde pude deitar com todo o conforto sem ser visto. Ali estava eu espichado quando você, meu caro Watson, e todos os que o acompanhavam, investigavam as circunstâncias da minha morte da maneira mais solidária e ineficiente.

"Finalmente, quando todos tinham chegado às suas conclusões inevitáveis e totalmente errôneas, você voltou para o hotel e fui deixado a sós. Pensei que tivesse chegado ao final das minhas aventuras, mas uma ocorrência muito inesperada mostrou-me que ainda havia surpresas à minha espera. Uma rocha enorme, vinda de cima, passou por mim com um estrondo, bateu na vereda e ricocheteou para o precipício. Por um instante pensei que fora um acidente, mas um momento depois, olhando para cima, vi a cabeça de um homem contra o céu da noite que caía, e outra pedra acertou a própria saliência sobre a qual eu estava deitado, a uns trinta centímetros da minha cabeça. É claro, o significado disso era óbvio. Moriarty não estava sozinho. Um cúmplice – e aquele olhar mesmo de relance me disse quão perigoso era o homem – ficara de tocaia enquanto o professor me atacava. De longe, sem que eu o visse, ele testemunhara a morte do seu amigo e a minha fuga. Ele esperara, e então, dando a volta até o topo do rochedo, procurara vencer onde o seu camarada fora derrotado.

"Não levei muito tempo pensando a respeito, Watson. Mais uma vez vi aquele rosto sinistro lá em cima e sabia que era o anúncio de mais uma pedra. Desci com dificuldade até a vereda. Não acho que poderia tê-lo feito a sangue-frio. Foi cem vezes mais difícil do que subir. Mas eu não tinha tempo para pensar sobre o perigo, pois outra pedra passou zunindo por mim, enquanto me dependurava pelas mãos na beirada da saliência. A meio caminho, escorreguei, mas graças a Deus caí na vereda, ensanguentado e com as roupas rasgadas. Tratei de dar no pé, caminhei dezesseis quilômetros pelas montanhas no escuro, e uma semana depois encontrava-me em Florença, com a certeza de que ninguém no mundo sabia que fim eu levara.

"Eu tinha apenas um confidente – meu irmão Mycroft. Devo-lhe mil desculpas, caro Watson, mas era absolutamente necessário que me considerassem morto, e tenho certeza de que você não escreveria um relato tão convincente do meu final infeliz se não tivesse pensado que era verdade. Várias vezes durante os últimos três anos peguei a pena para escrever-lhe, mas sempre temia que a sua afeição por mim o levasse a alguma indiscrição que trairia o meu segredo. Por esse motivo, afastei-me de você hoje à tarde quando derrubou os meus livros, pois eu corria perigo no momento, e qualquer demonstração de surpresa ou emoção da sua parte poderia chamar a atenção para a minha identidade e levar aos resultados mais deploráveis e irreparáveis. Quanto a Mycroft, eu tinha de confiar nele a fim de obter o dinheiro de que precisava. O desenrolar dos eventos em Londres não foi tão bem quanto eu esperava, pois o julgamento do bando de Moriarty deixou em liberdade dois dos seus membros mais perigosos e meus maiores inimigos. Viajei então durante dois anos pelo Tibete, diverti-me visitando Lhasa e passando alguns dias com um Lama graduado. Você deve ter lido sobre as extraordinárias explorações de um norueguês chamado Sigerson, mas tenho certeza de que nunca ocorreu-lhe que estava tendo notícias do seu amigo. Passei então pela Pérsia, depois por Meca, fiz uma curta, mas interessante, visita ao Califa em Khartum, tendo comunicado os resultados ao ministério do Exterior. Voltando para a França, dediquei alguns meses à pesquisa sobre derivados do alcatrão de hulha, que conduzi em um laboratório em Montpellier, no sul da França.

"Tendo concluído o meu trabalho satisfatoriamente e sabendo que sobrara somente um dos meus inimigos em Londres, eu estava pronto para voltar, mas resolvi apressar-me ao ouvir as notícias desse extraordinário mistério de Park Lane, que me atraiu não somente por seus próprios méritos, como também por oferecer algumas oportunidades pessoais muito peculiares. Vim imediatamente para Londres, apresentei-me pessoalmente em Baker Street, causei um violento ataque histérico na sra. Hudson e vi que Mycroft havia mantido os meus aposentos e papéis exatamente como eu sempre os deixara. Então foi assim, meu caro Watson, que hoje às duas horas me encontrei sentado na minha velha poltrona, em meu velho quarto, e desejando apenas ver o meu velho amigo Watson na outra cadeira, que ele tantas vezes adornou."

Essa foi a história extraordinária que eu ouvi naquela noite de abril – uma narrativa que seria totalmente inacreditável para mim se não fosse confirmada pela presença da figura alta e magra, e do rosto incisivo e impaciente que eu pensara nunca mais tornar a ver. De alguma forma ele soubera da minha consternação, e demonstrou a sua solidariedade comigo mais pela sua atitude do que com palavras.

– O trabalho é o melhor antídoto para a tristeza, meu caro Watson – ele disse –, e eu tenho um pouco de trabalho para nós dois hoje à noite que, se tivermos êxito, por si só justificará a existência de um homem nesse planeta.

Em vão supliquei-lhe que me contasse mais.

– Você vai ver e ouvir o suficiente até o amanhecer – respondeu ele. – Nós temos três anos do passado para discutir. Deixe que esse relato baste até as nove e meia, quando daremos início à notável aventura da casa vazia.

Foi realmente como nos velhos tempos quando, às quatro, me vi sentado ao seu lado em um cupê, com o revólver no bolso e o entusiasmo da aventura no coração. Holmes estava frio, severo e silencioso. Quando a luz dos lampiões da rua refletiu-se no seu rosto austero, vi que as sobrancelhas estavam contraídas em pensamento e os lábios finos, cerrados. Não sabia que fera selvagem nós iríamos caçar na selva escura da Londres do crime, mas pela atitude desse caçador experiente tinha certeza de que era um caso bastante grave, enquanto o sorriso sardônico que de vez em quando surgia na sua carranca contemplativa augurava pouca sorte para o objeto da nossa busca.

Pensei que estávamos indo para Baker Street, mas Holmes parou o cupê na esquina de Cavendish Square. Observei que quando ele desceu, olhou cautelosamente para a direita e a esquerda, e a cada esquina dali em diante, tomou as maiores precauções para assegurar-se de que não estava sendo seguido. Nossa rota foi certamente singular. O conhecimento de Holmes dos caminhos secundários de Londres era extraordinário, e nessa ocasião ele passou velozmente, e com um passo seguro, por uma rede de estrebarias e estábulos de cuja existência eu jamais suspeitara. Emergimos finalmente em uma pequena rua, ladeada por casas velhas e sombrias, que nos levou até a Manchester Street, e daí para a Blandford. Ali ele dobrou velozmente em uma viela estreita, passou por um portão de madeira e entrou em um quintal abandonado, então abriu com uma chave a porta dos fundos de uma casa. Entramos juntos e ele a fechou atrás de nós.

O lugar estava escuro como o breu, mas era evidente para mim que estávamos em uma casa vazia. Nossos passos faziam ranger o soalho tabuado, e minha mão estendida tocou uma parede de onde o papel pendia em tiras. Os dedos frios e magros de Holmes fecharam-se sobre o meu pulso e me conduziram por um longo corredor, até que eu vi vagamente a luz dúbia que filtrava pela soleira da porta. Aqui Holmes virou subitamente para a direita, e nos vimos em um grande aposento, vazio e quadrado, com sombras profundas nos cantos, mas fracamente iluminado no centro pelas luzes da rua. Não havia um lampião próximo e a janela estava grossa de pó, de modo que mal discerníamos um ao outro lá dentro. Meu companheiro colocou sua mão sobre o meu ombro e os lábios próximos do meu ouvido.

– Você sabe onde estamos? – sussurrou ele.

– Não há dúvida de que ali é a Baker Street – respondi, mirando através da janela fosca.

– Exatamente. Estamos em Camden House, que fica defronte aos nossos velhos aposentos.

– Mas por que estamos aqui?

– Porque temos uma vista excelente daquele prédio pitoresco. Você poderia se aproximar um pouco da janela, meu caro Watson, tomando todas as precauções para não se mostrar, e então olhar para os nossos velhos aposentos – o ponto de partida de tantas das nossas pequenas aventuras? Vamos ver se os meus três anos de ausência terminaram completamente com meu poder de surpreendê-lo.

Avancei cautelosamente e olhei para fora para a conhecida janela. Quando meus olhos caíram sobre ela, fiquei boquiaberto e deixei escapar uma exclamação de espanto. A cortina estava cerrada e uma forte luz brilhava no aposento. A sombra de um homem sentado em uma cadeira desenhava-se sobre o quadro luminoso da janela. Não havia como se enganar quanto à postura da cabeça, a solidez dos ombros, a nitidez dos traços. O rosto estava meio virado, e o efeito era o de um daqueles desenhos em silhueta que os nossos avós adoravam emoldurar. Era uma reprodução perfeita de Holmes. Fiquei tão impressionado que estendi a mão para ter certeza de que era realmente o homem que estava ao meu lado. Ele se sacudia em um riso silencioso.

– Então? – perguntou.

– Deus do céu! – exclamei. – É maravilhoso.

– Espero que nem a idade, tampouco o costume, façam com que esse meu dom de infinita variedade desapareça ou torne-se desinteressante. – E reconheci na sua voz a alegria e o orgulho que os artistas sentem por sua própria criação. – Parece-se bastante comigo, não é? – continuou.

– Eu poderia jurar que era você.

– O mérito da execução é de *monsieur* Oscar Meunier, de Grenoble, que levou alguns dias fazendo a forma. É um busto em cera. O resto ajeitei durante minha visita a Baker Street esta tarde.

– Mas por quê?

– Porque, meu caro Watson, eu tinha a mais forte razão possível para querer que algumas pessoas pensassem que eu estava lá, quando na realidade me encontrava em outro lugar.

– E você acreditava que os aposentos estavam sendo vigiados?

– Eu *sabia* que eles estavam sendo vigiados.

– Por quem?

– Por meus velhos inimigos, Watson. Pela encantadora sociedade cujo líder repousa nas Quedas de Reichenbach. Você deve se lembrar de que eles sabiam, e somente eles sabiam, que eu ainda estava vivo. Cedo ou tarde eles acreditavam que eu voltaria aos meus aposentos. Eles os vigiavam continuamente, e essa manhã me viram chegar.

– Como você sabe?

– Porque reconheci o sentinela deles quando olhei de relance para fora da janela. Ele é um sujeito relativamente inofensivo, chamado Parker, trabalha em um matadouro e é um extraordinário gaiteiro. Não lhe dou importância, mas dou muita à pessoa muito mais formidável que estava por trás dele, o amigo íntimo de Moriarty, o homem que jogou as pedras do alto do rochedo, o criminoso mais astuto e perigoso de Londres. Ele é o homem que está no meu encalço hoje à noite, Watson, e esse é o homem que nem de longe desconfia que nós estamos no encalço *dele*.

Os planos do meu amigo gradualmente se revelavam. A partir desse cômodo retiro, os observadores estavam sendo observados, e os perseguidores, perseguidos. Aquela sombra angulosa lá adiante era a isca, e nós éramos os caçadores. Ficamos juntos em silêncio no escuro, observando os vultos apressados que passavam e repassavam à nossa frente. Holmes estava calado e imóvel, mas eu sentia que ele estava totalmente alerta, seus olhos fixos atentamente no fluxo de transeuntes. Era uma noite escura e tempestuosa, e o vento assoviava agudo pela longa rua. Muitas pessoas iam de um lado ao outro, a maioria delas agasalhada com seus capotes e cachecóis. Uma ou duas vezes tive a impressão de ver a mesma pessoa e notei particularmente dois homens que pareciam estar se abrigando do vento no vão da porta de uma casa a alguma distância na rua. Tentei chamar a atenção do meu companheiro para eles, mas ele soltou uma pequena exclamação de impaciência e continuou a mirar a rua. Mais de uma vez mexeu nervosamente os pés e bateu rapidamente com os dedos na parede. Era evidente para mim que ele estava ficando inquieto, e que seus planos não estavam funcionando como esperava. Finalmente, quando a meia-noite se aproximava e a rua gradualmente ficava deserta, começou a caminhar para cima e para baixo no quarto com uma agitação incontrolável. Eu ia fazer um comentário, quando ergui os olhos para a janela iluminada e mais uma vez experimentei uma surpresa tão grande quanto antes. Agarrei o braço de Holmes e apontei para cima.

– A sombra se deslocou! – exclamei.

Realmente não era mais o perfil, e sim as costas, que estavam voltadas para nós.

Três anos certamente não haviam suavizado as asperezas do seu gênio, ou a sua impaciência com uma inteligência menos ativa do que a sua.

– É claro que ela se moveu – ele disse. – Eu seria um farsante tão atrapalhado, Watson, a ponto de colocar um boneco óbvio e esperar enganar alguns dos homens mais espertos da Europa? Há duas horas estamos neste quarto, e a sra. Hudson fez alguma mudança na posição daquela figura oito vezes, ou uma vez a cada quinze minutos. Ela o mexe pela frente, de maneira que a sua sombra nunca é vista. Ah! – respirou bruscamente com uma inspiração aguda e excitada.

Na luz sombria, vi sua cabeça inclinar-se para frente, com toda sua atitude tornada rígida pela atenção. Aqueles dois homens ainda podiam estar agachados no vão da porta, mas eu não conseguia mais vê-los. Tudo estava silencioso e escuro, salvo apenas o quadro amarelo brilhante à nossa frente com o vulto negro delineado no centro. Mais uma vez no silêncio profundo, ouvi o som sibilante e agudo, que denotava a sua intensa excitação reprimida. No momento seguinte, ele me puxou para o canto mais escuro do quarto, e senti a sua mão sobre meus lábios pedindo silêncio. Os dedos que me seguravam tremiam. Nunca vira meu amigo tão emocionado, e mesmo assim a rua escura continuava deserta e sem movimento à nossa frente.

Mas de repente senti o que os seus sentidos mais aguçados já haviam distinguido. Um som baixo e furtivo chegou aos meus ouvidos, não da direção de Baker Street, mas dos fundos da própria casa na qual nos escondíamos. Uma porta abriu e fechou. No instante seguinte passos deslizavam no corredor, passos que queriam ser silenciosos, mas que ressoavam asperamente pela casa vazia. Holmes agachou-se contra a parede e eu fiz o mesmo, a mão fechando sobre o cabo do revólver. Perscrutando a escuridão, distingui o contorno vago de um homem, um pouco mais escuro que a escuridão da porta aberta. Ele parou por um instante, e então avançou furtivamente, agachado e ameaçador, para dentro do quarto. Estava a três metros de nós, essa figura sinistra, e eu me preparava para receber o seu ataque antes de dar-me conta de que ele não fazia a menor ideia da nossa presença. Passou rente a nós, foi até a janela de mansinho e ergueu-a ligeiramente com suavidade e sem fazer barulho. Ao baixar-se até o nível da abertura, a luz da rua, livre agora do vidro empoeirado, jorrou sobre seu rosto. O homem parecia fora de si de excitação. Os olhos brilhavam como estrelas e os traços faciais moviam-se convulsivamente. Era um homem idoso, com um nariz fino e proeminente, uma testa alta e calva, e um enorme bigode grisalho. Usava um chapéu alto empurrado para a parte de trás da cabeça e a camisa de peito duro brilhava por entre o sobretudo desabotoado. O rosto era macilento e de compleição escura, marcado com rugas profundas e selvagens. Na mão, carregava o que parecia ser uma bengala, mas quando a colocou no chão, ela fez um barulho metálico. Então, do bolso do sobretudo, tirou um objeto volumoso e empenhou-se em alguma tarefa que terminou com um clique alto e seco, como se uma mola ou ferrolho tivesse sido acionado. Ainda ajoelhado sobre o chão, inclinou-se para frente e jogou todo o peso e força sobre algo como uma alavanca, com o resultado que se ouviu um ruído longo, triturante e rotativo, terminando mais uma vez com um forte estalido. Endireitou-se, então, e vi que o que ele tinha em mãos era uma espécie de rifle, com uma coronha curiosamente malformada. Ele abriu a culatra, colocou algo dentro e engatilhou a arma. Então, agachando-se, descansou a ponta do cano no peitoril da janela aberta, e vi o longo bigode cair sobre a coronha e o olho brilhar quando espiou pela mira. Ouvi um pequeno suspiro de satisfação quando ajeitou a base da arma no ombro e viu aquele alvo estranho, a silhueta escura sobre o fundo amarelo, nítido na sua mira. Por um instante permaneceu rígido e imóvel. Então o dedo apertou o gatilho. Ouviu-se um zumbido estranho e alto, e um prolongado tilintar de vidro quebrado. Nesse instante Holmes saltou como um tigre sobre as costas do atirador e derrubou-o de bruços. Ele estava de pé imediatamente e com uma força convulsa agarrou Holmes pela garganta, mas acertei-o na cabeça com a coronha do revólver, e ele caiu mais uma vez no chão. Atirei-me sobre ele, e enquanto o segurava, Holmes soou um silvo estridente com um apito. Ouvimos um ruído de passos correndo na calçada, e dois policiais fardados, com um detetive à paisana, entraram porta adentro e irromperam no quarto.

– É o senhor, Lestrade? – perguntou Holmes.

– Sim, sr. Holmes. Eu mesmo me encarreguei do caso. É um prazer vê-lo de novo em Londres, senhor.

– Acho que o senhor vai querer uma pequena ajuda extraoficial. Três assassinatos sem solução em um ano é inaceitável, sr. Lestrade. Mas o senhor lidou com o mistério de Molesley com menos do que o seu usual... quer dizer, o senhor desempenhou bastante bem.

Estávamos todos de pé, nosso prisioneiro respirando pesadamente, com um robusto policial de cada lado. Alguns curiosos já começavam a se reunir na rua. Holmes foi até a janela e fechou-a, cerrando as cortinas. Lestrade trouxera duas velas, e os policiais, suas lanternas. Finalmente fui capaz de dar uma boa olhada no prisioneiro.

O rosto que nos olhava era tremendamente viril e, mesmo assim, sinistro. Com a testa de um filósofo sobre um queixo sensual, o homem provavelmente nascera com um grande potencial tanto para o bem quanto para o mal. Mas não se conseguia encarar os olhos azuis cruéis, de pálpebras caídas e cínicas, ou o nariz feroz e agressivo e a ameaçadora fronte com rugas profundas, sem ler os sinais mais claros de perigo da Natureza. Ele não deu atenção nenhuma para nós, os olhos fixos sobre o rosto de Holmes com uma expressão em que o ódio e o espanto estavam igualmente presentes.

– Seu demônio! – seguiu murmurando. – Seu demônio esperto, esperto!

– Ah, coronel – disse Holmes, ajeitando o colarinho amarfanhado –, "jornadas terminam em encontros de amantes", como diz a velha peça. Não creio que tive o prazer de vê-lo desde que me presenteou com aquelas cortesias quando me encontrava na borda acima das quedas de Reichenbach.

O coronel continuava mirando meu amigo como se estivesse em transe.

– Seu demônio velhaco, velhaco! – era tudo o que conseguia dizer.

– Ainda não o apresentei – disse Holmes. – Esse, cavalheiros, é o coronel Sebastian Moran, certa feita membro do Exército Indiano de Sua Majestade, e o melhor tiro de grandes caças que o nosso Império Oriental já produziu. Creio estar correto, coronel, quando digo que o número de tigres que abateu ainda não foi alcançado?

O velho feroz nada disse, mas ainda fulminou o meu companheiro: com seus olhos selvagens e bigode eriçado, ele próprio era incrivelmente parecido com um tigre.

– Admiro-me que o meu estratagema tão simples tenha enganado um *shikari** tão experiente – disse Holmes. – Ele deve ser bastante familiar para o senhor. Será que nunca amarrou um bezerro novo sob uma árvore, posicionou-se acima com seu rifle e esperou que a isca trouxesse o seu tigre? Esta casa vazia é a minha árvore e o senhor é o meu tigre. Possivelmente o senhor tinha outras armas de reserva caso houvesse vários tigres, ou na suposição improvável da sua própria pontaria falhar. Esses – ele apontou à sua volta – são as minhas outras armas. O paralelo é preciso.

O coronel Moran saltou para frente com um rosnado de raiva, mas os policiais o puxaram de volta. A fúria estampada em seu rosto era terrível de se ver.

– Confesso que o senhor tinha uma pequena surpresa guardada para mim – disse Holmes. – Não pensei que fosse fazer uso dessa casa vazia e da sua oportuna janela de frente. Tinha imaginado que fosse operar da rua, onde o meu amigo

* Guia para caçadas de animais de grande porte, em hindustani. (N. T.)

sr. Lestrade e seus simpáticos homens o esperavam. Com essa exceção, tudo ocorreu como esperado.

O coronel Moran voltou-se para o detetive oficial.

– O senhor pode, ou não, ter motivos para prender-me – ele disse –, mas pelo menos não há por que eu me submeter ao escárnio dessa pessoa. Se estou nas mãos da lei, que se faça tudo de forma legal.

– Bem, isso soa razoável – disse Lestrade. – Tem algo a acrescentar, sr. Holmes, antes de nos irmos?

Holmes apanhara do chão o poderoso rifle de ar comprimido e estava examinando o seu mecanismo.

– Uma arma admirável e única – ele disse –, silenciosa e com um poder tremendo. Eu conhecia Von Herder, o mecânico alemão cego, que a construiu a pedido do falecido professor Moriarty. Há anos sei de sua existência, apesar de nunca ter tido a chance de manejá-la. Recomendo-a especialmente à sua atenção, sr. Lestrade, assim como as balas que lhe servem.

– Pode ficar certo de que cuidaremos disso, sr. Holmes – disse Lestrade, enquanto todos dirigiam-se para a porta. – Algo mais?

– Apenas perguntar-lhe qual vai ser a acusação?

– Qual acusação, senhor? Ora, é claro, a tentativa de assassinato do sr. Sherlock Holmes.

– Nada disso, sr. Lestrade. Não quero aparecer no caso de forma alguma. Ao senhor, e ao senhor somente, pertence o crédito da extraordinária prisão que efetuou. Sim, sr. Lestrade, dou-lhe os parabéns! Com a sua habitual combinação de audácia e sagacidade, o senhor o capturou.

– Capturei? Capturei quem, sr. Holmes?

– O homem que toda a força policial tem procurado em vão – o coronel Sebastian Moran, que atirou no *honourable* Ronald Adair com uma bala de fragmentação de um rifle de ar comprimido, através da janela da frente, no segundo andar do número 427 de Park Lane, no dia 30 do mês passado. Essa é a acusação, sr. Lestrade. E agora, Watson, se estiver disposto a aguentar a corrente de ar de uma janela quebrada, creio que meia hora em meu gabinete, fumando um charuto, pode lhe proporcionar um vantajoso entretenimento.

Nossos velhos aposentos tinham sido deixados inalterados, graças à supervisão de Mycroft Holmes e aos cuidados diretos da sra. Hudson. Quando entrei vi, é verdade, uma arrumação fora do comum, mas os velhos marcos estavam todos em seus lugares. Tinha o canto para análises químicas e a mancha de ácido na mesa. A estante com a fileira de cadernos de apontamentos e livros de referências formidáveis, que muitos dos nossos cidadãos teriam o maior prazer de queimar. Os diagramas, a caixa do violino e a prateleira dos cachimbos – até mesmo a bolsa persa com o tabaco – chamaram minha atenção quando olhei em torno. Havia dois ocupantes no gabinete, a sra. Hudson, que sorria exultante quando entramos, e o estranho boneco que tivera uma participação tão importante nos acontecimentos da noite. Era um modelo em cera colorida do meu amigo, feito de forma tão admirável que era uma réplica perfeita. Estava sobre uma mesinha com um velho roupão de Holmes à sua volta, de tal forma que a ilusão a partir da rua era absolutamente perfeita.

– Espero que a senhora tenha tomado todas as precauções, sra. Hudson – disse Holmes.

– Fui de joelhos, como o senhor me recomendou.

– Excelente. A senhora se saiu muito bem. Viu por onde entrou a bala?

– Sim, senhor. Receio que tenha estragado o seu belo busto, pois ela passou direto pela cabeça e parou na parede. Juntei-a do tapete. Aqui está!

Holmes mostrou-me a bala.

– Uma bala de fragmentação, como vê, Watson. Não deixa de ser uma ideia genial, quem iria esperar encontrar uma bala assim, partindo de um rifle de ar comprimido? Muito bem, sra. Hudson, sou-lhe muito grato por sua ajuda. E agora, Watson, quero vê-lo na sua velha poltrona mais uma vez, pois há vários pontos que eu gostaria de discutir com você.

Ele se livrara do casaco surrado, e agora era o Holmes de outros tempos, no roupão cinzento que ele tirara da sua efígie.

– Os nervos do velho *shikari* não perderam a firmeza, nem os olhos a agudeza – disse ele, com um sorriso, enquanto inspecionava a testa espatifada do seu busto. – Bem no meio da cabeça, por trás, e o impacto trespassando o cérebro. Ele era o melhor tiro na Índia e acredito que existam poucos melhores em Londres. Você conhecia o nome?

– Não, não conhecia.

– Bem, bem, assim é a fama! Mas então, se bem me lembro, você também não conhecia o nome do professor Moriarty, uma das maiores cabeças do século. Por favor, me passe o índice de biografias da prateleira.

Ele virou as páginas preguiçosamente, recostando-se na poltrona e tirando baforadas do charuto.

– Minha coleção de M's é muito boa – disse ele. – O próprio Moriarty bastaria para tornar qualquer letra ilustre, e aqui está Morgan, o envenenador, e Merridew, de abominável memória, e Mathews, que quebrou meu canino esquerdo na sala de espera em Charing Cross, e, finalmente, aqui está o nosso amigo de hoje à noite.

Passou-me o livro e li:

"*Moran, Sebastian, coronel.* Desempregado. Pertenceu ao 1º Batalhão *Bengalore Pioneers*. Nascido em Londres, 1840. Filho de *sir* Augustus Moran, C. B., ex-ministro britânico na Pérsia. Estudou em Eton e Oxford. Serviu nas campanhas de Jowaki, Afeganistão, Charasiab (menção por bravura), Sherpur e Cabul. Autor de *Heavy Game of the Western Himalayas*, 1881; *Three Months in the Jungle*, 1884. Endereço: Conduit Street. Clubes: The Anglo-Indian, Tankerville e Bagatelle Card Club."

Na margem estava escrito na caligrafia precisa de Holmes: "O segundo homem mais perigoso em Londres".

– Isso é extraordinário – observei, enquanto devolvia o volume. – A carreira do homem é a de um soldado honrado.

– É verdade – respondeu Holmes. – Até um certo ponto ele agiu bem. Sempre teve nervos de aço e, na Índia, ainda se conta a história de como rastejou por um bueiro atrás de um perigoso tigre ferido. Há algumas árvores, Watson, que crescem até uma certa altura e então subitamente desenvolvem alguma excentricidade repugnante. Você vê isso seguidamente em seres humanos. Tenho uma teoria de que o indivíduo representa em seu desenvolvimento toda a procissão dos seus antepassados, e que uma virada súbita para o bem ou para o mal sinaliza alguma forte influência que veio na linha do seu *pedigree*.

– É realmente bem interessante.

– Bom, eu não insisto no assunto. Seja qual for a causa, o coronel Moran começou a tomar um caminho errado. Mesmo não tendo se envolvido em nenhum grande escândalo, ele tornou-se indesejável na Índia. Aposentou-se, veio para Londres, e mais uma vez adquiriu uma má fama. Foi nessa época que ele foi procurado pelo professor Moriarty, tornando-se por um tempo o seu braço direito. Moriarty pagava-lhe generosamente, e o usava somente em um ou dois trabalhos de alta classe, que nenhum criminoso ordinário teria capacidade de realizar. Talvez você se lembre da morte da srta. Stewart, de Lauder, em 1887. Não? Bom, tenho certeza de que Moran estava por trás disso, mas nada pode ser provado. O coronel estava tão habilmente encoberto, que, mesmo quando o bando foi desmantelado, não conseguimos incriminá-lo. Lembra-se daquela vez, quando fui visitá-lo em seus aposentos, de como fechei as venezianas com medo de rifles de ar comprimido? Sem dúvida você me achou fantasioso. Eu sabia exatamente o que estava fazendo, pois tinha conhecimento dessa arma extraordinária e também que um dos melhores tiros do mundo estava por atrás dela. Quando estivemos na Suíça, ele nos seguiu com Moriarty, e não há dúvida que foi ele que me fez passar por aqueles cinco minutos diabólicos nas quedas de Reichenbach.

"Você bem pode imaginar como li com atenção os jornais durante minha estada na França, na esperança de qualquer chance de pegá-lo pelos calcanhares. Enquanto ele estivesse livre em Londres, não valia a pena seguir vivendo. Noite e dia sua sombra estaria sobre mim, e cedo ou tarde ele teria a sua chance. O que eu poderia fazer? Não poderia atirar nele sem um motivo, pois aí eu que pararia no banco dos réus. Não adiantava apelar para um juiz. Eles não podem interferir com base em algo que lhes pareceria uma suspeita infundada. Não podia fazer nada. Mas continuava acompanhando as notícias do crime, sabendo que cedo ou tarde o pegaria. Então veio a morte de Ronald Adair. Finalmente havia chegado minha chance! Com o conhecimento que tinha, não era certo que fora o coronel Moran? Ele jogara cartas com o rapaz; o seguira do clube até em casa; atirara nele pela janela aberta. Não havia dúvida, só as balas já são o suficiente para levá-lo à forca. Voltei imediatamente. Fui visto pelo sentinela, que, como esperado, daria parte da minha presença ao coronel. Ele não poderia deixar de ligar meu retorno repentino ao seu crime, e ficar terrivelmente alarmado. Eu tinha certeza de que ele faria uma tentativa para tirar-me do caminho *imediatamente*, e traria consigo sua arma assassina para esse fim. Deixei-lhe um alvo excelente na janela, e, tendo avisado a polícia de que eles talvez fossem necessários, aliás, Watson, você notou a sua presença no vão da porta com uma precisão incrível... enfim, assumi o que me pareceu ser um posto de observação prudente, sem jamais sonhar que ele escolheria o mesmo lugar para o seu ataque. Agora, meu caro Watson, ainda há alguma coisa a explicar?"

– Sim – respondi. – Você não deixou claro o que levou o coronel Moran a assassinar o *honourable* Ronald Adair.

– Ah! Meu caro Watson, chegamos agora àqueles domínios onde a mente mais lógica pode falhar. Cada um pode formar a sua própria hipótese com as provas existentes, e a sua é provavelmente tão correta quanto a minha.

– Você formou uma, então?

– Acho que não é difícil explicar os fatos. Ficou provado que o coronel Moran e o jovem Adair haviam ganhado juntos uma soma considerável de dinheiro. Agora, com certeza Moran jogou sujo, como sei há muito tempo. Acredito que no dia do assassinato, Adair havia descoberto que Moran estava roubando. É muito provável que ele tenha falado com ele privadamente e ameaçado denunciá-lo a menos que ele renunciasse voluntariamente a ser membro do clube e prometesse nunca mais jogar cartas. É improvável que um jovem como Adair provocasse imediatamente um escândalo chocante expondo um homem conhecido e tão mais velho do que ele. Ele agiu provavelmente como sugeri. A exclusão dos seus clubes significaria a ruína para Moran, que vivia dos seus ganhos desonestos com as cartas. Então ele assassinou Adair, que na ocasião estava tentando calcular quanto dinheiro ele deveria devolver, já que ele não iria querer lucrar com o jogo sujo do seu parceiro. Ele trancou a porta para que a mãe e a irmã não o surpreendessem e insistissem em saber o que estava fazendo com esses nomes e moedas. Faz sentido?

– Não tenho dúvidas de que chegou à verdade.

– Isso será confirmado ou refutado no julgamento. Enquanto isso, qualquer que seja o resultado, o coronel Moran não vai mais nos incomodar, o famoso rifle de ar comprimido de Von Herder irá enfeitar o museu da Scotland Yard, e o sr. Sherlock Holmes está mais uma vez livre para devotar sua vida a examinar esses pequenos problemas interessantes que a vida complexa de Londres apresenta tão fartamente.

Coleção L&PM POCKET (Lançamentos mais recentes)

698.**Dez (quase) amores** – Claudia Tajes
699.**Poirot sempre espera** – Agatha Christie
701.**Apologia de Sócrates** *precedido de* **Êutifron** e *seguido de* **Críton** – Platão
702.**Wood & Stock** – Angeli
703.**Striptiras (3)** – Laerte
704.**Discurso sobre a origem e os fundamentos da desigualdade entre os homens** – Rousseau
705.**Os duelistas** – Joseph Conrad
706.**Dilbert (2)** – Scott Adams
707.**Viver e escrever** (vol. 1) – Edla van Steen
708.**Viver e escrever** (vol. 2) – Edla van Steen
709.**Viver e escrever** (vol. 3) – Edla van Steen
710.**A teia da aranha** – Agatha Christie
711.**O banquete** – Platão
712.**Os belos e malditos** – F. Scott Fitzgerald
713.**Libelo contra a arte moderna** – Salvador Dalí
714.**Akropolis** – Valerio Massimo Manfredi
715.**Devoradores de mortos** – Michael Crichton
716.**Sob o sol da Toscana** – Frances Mayes
717.**Batom na cueca** – Nani
718.**Vida dura** – Claudia Tajes
719.**Carne trêmula** – Ruth Rendell
720.**Cris, a fera** – David Coimbra
721.**O anticristo** – Nietzsche
722.**Como um romance** – Daniel Pennac
723.**Emboscada no Forte Bragg** – Tom Wolfe
724.**Assédio sexual** – Michael Crichton
725.**O espírito do Zen** – Alan W.Watts
726.**Um bonde chamado desejo** – Tennessee Williams
727.**Como gostais** *seguido de* **Conto de inverno** – Shakespeare
728.**Tratado sobre a tolerância** – Voltaire
729.**Snoopy: Doces ou travessuras? (7)** – Charles Schulz
730.**Cardápios do Anonymus Gourmet** – J.A. Pinheiro Machado
731.**100 receitas com lata** – J.A. Pinheiro Machado
732.**Conhece o Mário?** vol.2 – Santiago
733.**Dilbert (3)** – Scott Adams
734.**História de um louco amor** *seguido de* **Passado amor** – Horacio Quiroga
735(11).**Sexo: muito prazer** – Laura Meyer da Silva
736(12).**Para entender o adolescente** – Dr. Ronald Pagnoncelli
737(13).**Desembarcando a tristeza** – Dr. Fernando Lucchese
738.**Poirot e o mistério da arca espanhola & outras histórias** – Agatha Christie
739.**A última legião** – Valerio Massimo Manfredi
741.**Sol nascente** – Michael Crichton
742.**Duzentos ladrões** – Dalton Trevisan
743.**Os devaneios do caminhante solitário** – Rousseau
744.**Garfield, o rei da preguiça (10)** – Jim Davis
745.**Os magnatas** – Charles R. Morris
746.**Pulp** – Charles Bukowski
747.**Enquanto agonizo** – William Faulkner
748.**Aline: viciada em sexo (3)** – Adão Iturrusgarai
749.**A dama do cachorrinho** – Anton Tchékhov
750.**Tito Andrônico** – Shakespeare
751.**Antologia poética** – Anna Akhmátova
752.**O melhor de Hagar 6** – Dik e Chris Browne
753(12).**Michelangelo** – Nadine Sautel
754.**Dilbert (4)** – Scott Adams
755.**O jardim das cerejeiras** *seguido de* **Tio Vânia** – Tchékhov
756.**Geração Beat** – Claudio Willer
757.**Santos Dumont** – Alcy Cheuiche
758.**Budismo** – Claude B. Levenson
759.**Cleópatra** – Christian-Georges Schwentzel
760.**Revolução Francesa** – Frédéric Bluche, Stéphane Rials e Jean Tulard
761.**A crise de 1929** – Bernard Gazier
762.**Sigmund Freud** – Edson Sousa e Paulo Endo
763.**Império Romano** – Patrick Le Roux
764.**Cruzadas** – Cécile Morrisson
765.**O mistério do Trem Azul** – Agatha Christie
768.**Senso comum** – Thomas Paine
769.**O parque dos dinossauros** – Michael Crichton
770.**Trilogia da paixão** – Goethe
773.**Snoopy: No mundo da lua! (8)** – Charles Schulz
774.**Os Quatro Grandes** – Agatha Christie
775.**Um brinde de cianureto** – Agatha Christie
776.**Súplicas atendidas** – Truman Capote
779.**A viúva imortal** – Millôr Fernandes
780.**Cabala** – Roland Goetschel
781.**Capitalismo** – Claude Jessua
782.**Mitologia grega** – Pierre Grimal
783.**Economia: 100 palavras-chave** – Jean-Paul Betbèze
784.**Marxismo** – Henri Lefebvre
785.**Punição para a inocência** – Agatha Christie
786.**A extravagância do morto** – Agatha Christie
787(13).**Cézanne** – Bernard Fauconnier
788.**A identidade Bourne** – Robert Ludlum
789.**Da tranquilidade da alma** – Sêneca
790.**Um artista da fome** *seguido de* **Na colônia penal e outras histórias** – Kafka
791.**Histórias de fantasmas** – Charles Dickens
796.**O Uraguai** – Basílio da Gama
797.**A mão misteriosa** – Agatha Christie
798.**Testemunha ocular do crime** – Agatha Christie
799.**Crepúsculo dos ídolos** – Friedrich Nietzsche
802.**O grande golpe** – Dashiell Hammett
803.**Humor barra pesada** – Nani
804.**Vinho** – Jean-François Gautier
805.**Egito Antigo** – Sophie Desplancques
806(14).**Baudelaire** – Jean-Baptiste Baronian
807.**Caminho da sabedoria, caminho da paz** – Dalai Lama e Felizitas von Schönborn
808.**Senhor e servo e outras histórias** – Tolstói
809.**Os cadernos de Malte Laurids Brigge** – Rilke
810.**Dilbert (5)** – Scott Adams
811.**Big Sur** – Jack Kerouac
812.**Seguindo a correnteza** – Agatha Christie

813.**O álibi** – Sandra Brown
814.**Montanha-russa** – Martha Medeiros
815.**Coisas da vida** – Martha Medeiros
816.**A cantada infalível** *seguido de* **A mulher do centroavante** – David Coimbra
819.**Snoopy: Pausa para a soneca (9)** – Charles Schulz
820.**De pernas pro ar** – Eduardo Galeano
821.**Tragédias gregas** – Pascal Thiercy
822.**Existencialismo** – Jacques Colette
823.**Nietzsche** – Jean Granier
824.**Amar ou depender?** – Walter Riso
825.**Darmapada: A doutrina budista em versos**
826.**J'Accuse...! – a verdade em marcha** – Zola
827.**Os crimes ABC** – Agatha Christie
828.**Um gato entre os pombos** – Agatha Christie
831.**Dicionário de teatro** – Luiz Paulo Vasconcellos
832.**Cartas extraviadas** – Martha Medeiros
833.**A longa viagem de prazer** – J. J. Morosoli
834.**Receitas fáceis** – J. A. Pinheiro Machado
835.(14).**Mais fatos & mitos** – Dr. Fernando Lucchese
836.(15).**Boa viagem!** – Dr. Fernando Lucchese
837.**Aline: Finalmente nua!!!** (4) – Adão Iturrusgarai
838.**Mônica tem uma novidade!** – Mauricio de Sousa
839.**Cebolinha em apuros!** – Mauricio de Sousa
840.**Sócios no crime** – Agatha Christie
841.**Bocas do tempo** – Eduardo Galeano
842.**Orgulho e preconceito** – Jane Austen
843.**Impressionismo** – Dominique Lobstein
844.**Escrita chinesa** – Viviane Alleton
845.**Paris: uma história** – Yvan Combeau
846(15).**Van Gogh** – David Haziot
848.**Portal do destino** – Agatha Christie
849.**O futuro de uma ilusão** – Freud
850.**O mal-estar na cultura** – Freud
853.**Um crime adormecido** – Agatha Christie
854.**Satori em Paris** – Jack Kerouac
855.**Medo e delírio em Las Vegas** – Hunter Thompson
856.**Um negócio fracassado e outros contos de humor** – Tchékhov
857.**Mônica está de férias!** – Mauricio de Sousa
858.**De quem é esse coelho?** – Mauricio de Sousa
860.**O mistério Sittaford** – Agatha Christie
861.**Manhã transfigurada** – L. A. de Assis Brasil
862.**Alexandre, o Grande** – Pierre Briant
863.**Jesus** – Charles Perrot
864.**Islã** – Paul Balta
865.**Guerra da Secessão** – Farid Ameur
866.**Um rio que vem da Grécia** – Cláudio Moreno
868.**Assassinato na casa do pastor** – Agatha Christie
869.**Manual do líder** – Napoleão Bonaparte
870(16).**Billie Holiday** – Sylvia Fol
871.**Bidu arrasando!** – Mauricio de Sousa
872.**Os Sousa: Desventuras em família** – Mauricio de Sousa
874.**E no final a morte** – Agatha Christie
875.**Guia prático do Português correto – vol. 4** – Cláudio Moreno
876.**Dilbert (6)** – Scott Adams
877(17).**Leonardo da Vinci** – Sophie Chauveau
878.**Bella Toscana** – Frances Mayes
879.**A arte da ficção** – David Lodge
880.**Striptiras (4)** – Laerte
881.**Skrotinhos** – Angeli
882.**Depois do funeral** – Agatha Christie
883.**Radicci 7** – Iotti
884.**Walden** – H. D. Thoreau
885.**Lincoln** – Allen C. Guelzo
886.**Primeira Guerra Mundial** – Michael Howard
887.**A linha de sombra** – Joseph Conrad
888.**O amor é um cão dos diabos** – Bukowski
890.**Despertar: uma vida de Buda** – Jack Kerouac
891(18).**Albert Einstein** – Laurent Seksik
892.**Hell's Angels** – Hunter Thompson
893.**Ausência na primavera** – Agatha Christie
894.**Dilbert (7)** – Scott Adams
895.**Ao sul de lugar nenhum** – Bukowski
896.**Maquiavel** – Quentin Skinner
897.**Sócrates** – C.C.W. Taylor
899.**O Natal de Poirot** – Agatha Christie
900.**As veias abertas da América Latina** – Eduardo Galeano
901.**Snoopy: Sempre alerta! (10)** – Charles Schulz
902.**Chico Bento: Plantando confusão** – Mauricio de Sousa
903.**Penadinho: Quem é morto sempre aparece** – Mauricio de Sousa
904.**A vida sexual da mulher feia** – Claudia Tajes
905.**100 segredos de liquidificador** – José Antonio Pinheiro Machado
906.**Sexo muito prazer 2** – Laura Meyer da Silva
907.**Os nascimentos** – Eduardo Galeano
908.**As caras e as máscaras** – Eduardo Galeano
909.**O século do vento** – Eduardo Galeano
910.**Poirot perde uma cliente** – Agatha Christie
911.**Cérebro** – Michael O'Shea
912.**O escaravelho de ouro e outras histórias** – Edgar Allan Poe
913.**Piadas para sempre (4)** – Visconde da Casa Verde
914.**100 receitas de massas light** – Helena Tonetto
915(19).**Oscar Wilde** – Daniel Salvatore Schiffer
916.**Uma breve história do mundo** – H. G. Wells
917.**A Casa do Penhasco** – Agatha Christie
919.**John M. Keynes** – Bernard Gazier
920(20).**Virginia Woolf** – Alexandra Lemasson
921.**Peter e Wendy** *seguido de* **Peter Pan em Kensington Gardens** – J. M. Barrie
922.**Aline: numas de colegial (5)** – Adão Iturrusgarai
923.**Uma dose mortal** – Agatha Christie
924.**Os trabalhos de Hércules** – Agatha Christie
926.**Kant** – Roger Scruton
927.**A inocência do Padre Brown** – G.K. Chesterton
928.**Casa Velha** – Machado de Assis
929.**Marcas de nascença** – Nancy Huston
930.**Aulete de bolso**
931.**Hora Zero** – Agatha Christie
932.**Morte na Mesopotâmia** – Agatha Christie
934.**Nem te conto, João** – Dalton Trevisan
935.**As aventuras de Huckleberry Finn** – Mark Twain
936(21).**Marilyn Monroe** – Anne Plantagenet

937.**China moderna** – Rana Mitter
938.**Dinossauros** – David Norman
939.**Louca por homem** – Claudia Tajes
940.**Amores de alto risco** – Walter Riso
941.**Jogo de damas** – David Coimbra
942.**Filha é filha** – Agatha Christie
943.**M ou N?** – Agatha Christie
945.**Bidu: diversão em dobro!** – Mauricio de Sousa
946.**Fogo** – Anaïs Nin
947.**Rum: diário de um jornalista bêbado** – Hunter Thompson
948.**Persuasão** – Jane Austen
949.**Lágrimas na chuva** – Sergio Faraco
950.**Mulheres** – Bukowski
951.**Um pressentimento funesto** – Agatha Christie
952.**Cartas na mesa** – Agatha Christie
954.**O lobo do mar** – Jack London
955.**Os gatos** – Patricia Highsmith
956(22).**Jesus** – Christiane Rancé
957.**História da medicina** – William Bynum
958.**O Morro dos Ventos Uivantes** – Emily Brontë
959.**A filosofia na era trágica dos gregos** – Nietzsche
960.**Os treze problemas** – Agatha Christie
961.**A massagista japonesa** – Moacyr Scliar
963.**Humor do miserê** – Nani
964.**Todo o mundo tem dúvida, inclusive você** – Édison de Oliveira
965.**A dama do Bar Nevada** – Sergio Faraco
969.**O psicopata americano** – Bret Easton Ellis
970.**Ensaios de amor** – Alain de Botton
971.**O grande Gatsby** – F. Scott Fitzgerald
972.**Por que não sou cristão** – Bertrand Russell
973.**A Casa Torta** – Agatha Christie
974.**Encontro com a morte** – Agatha Christie
975(23).**Rimbaud** – Jean-Baptiste Baronian
976.**Cartas na rua** – Bukowski
977.**Memória** – Jonathan K. Foster
978.**A abadia de Northanger** – Jane Austen
979.**As pernas de Úrsula** – Claudia Tajes
980.**Retrato inacabado** – Agatha Christie
981.**Solanin (1)** – Inio Asano
982.**Solanin (2)** – Inio Asano
983.**Aventuras de menino** – Mitsuru Adachi
984(16).**Fatos & mitos sobre sua alimentação** – Dr. Fernando Lucchese
985.**Teoria quântica** – John Polkinghorne
986.**O eterno marido** – Fiódor Dostoiévski
987.**Um safado em Dublin** – J. P. Donleavy
988.**Mirinha** – Dalton Trevisan
989.**Akhenaton e Nefertiti** – Carmen Seganfredo e A. S. Franchini
990.**On the Road – o manuscrito original** – Jack Kerouac
991.**Relatividade** – Russell Stannard
992.**Abaixo de zero** – Bret Easton Ellis
993(24).**Andy Warhol** – Mériam Korichi
995.**Os últimos casos de Miss Marple** – Agatha Christie
996.**Nico Demo: Aí vem encrenca** – Mauricio de Sousa
998.**Rousseau** – Robert Wokler
999.**Noite sem fim** – Agatha Christie
1000.**Diários de Andy Warhol (1)** – Editado por Pat Hackett
1001.**Diários de Andy Warhol (2)** – Editado por Pat Hackett
1002.**Cartier-Bresson: o olhar do século** – Pierre Assouline
1003.**As melhores histórias da mitologia: vol. 1** – A.S. Franchini e Carmen Seganfredo
1004.**As melhores histórias da mitologia: vol. 2** – A.S. Franchini e Carmen Seganfredo
1005.**Assassinato no beco** – Agatha Christie
1006.**Convite para um homicídio** – Agatha Christie
1008.**História da vida** – Michael J. Benton
1009.**Jung** – Anthony Stevens
1010.**Arsène Lupin, ladrão de casaca** – Maurice Leblanc
1011.**Dublinenses** – James Joyce
1012.**120 tirinhas da Turma da Mônica** – Mauricio de Sousa
1013.**Antologia poética** – Fernando Pessoa
1014.**A aventura de um cliente ilustre** ***seguido de*** **O último adeus de Sherlock Holmes** – Sir Arthur Conan Doyle
1015.**Cenas de Nova York** – Jack Kerouac
1016.**A corista** – Anton Tchékhov
1017.**O diabo** – Leon Tolstói
1018.**Fábulas chinesas** – Sérgio Capparelli e Márcia Schmaltz
1019.**O gato do Brasil** – Sir Arthur Conan Doyle
1020.**Missa do Galo** – Machado de Assis
1021.**O mistério de Marie Rogêt** – Edgar Allan Poe
1022.**A mulher mais linda da cidade** – Bukowski
1023.**O retrato** – Nicolai Gogol
1024.**O conflito** – Agatha Christie
1025.**Os primeiros casos de Poirot** – Agatha Christie
1027(25).**Beethoven** – Bernard Fauconnier
1028.**Platão** – Julia Annas
1029.**Cleo e Daniel** – Roberto Freire
1030.**Til** – José de Alencar
1031.**Viagens na minha terra** – Almeida Garrett
1032.**Profissões para mulheres e outros artigos feministas** – Virginia Woolf
1033.**Mrs. Dalloway** – Virginia Woolf
1034.**O cão da morte** – Agatha Christie
1035.**Tragédia em três atos** – Agatha Christie
1037.**O fantasma da Ópera** – Gaston Leroux
1038.**Evolução** – Brian e Deborah Charlesworth
1039.**Medida por medida** – Shakespeare
1040.**Razão e sentimento** – Jane Austen
1041.**A obra-prima ignorada** ***seguido de*** **Um episódio durante o Terror** – Balzac
1042.**A fugitiva** – Anaïs Nin
1043.**As grandes histórias da mitologia greco-romana** – A. S. Franchini
1044.**O corno de si mesmo & outras historietas** – Marquês de Sade
1045.**Da felicidade** ***seguido de*** **Da vida retirada** – Sêneca
1046.**O horror em Red Hook e outras histórias** – H. P. Lovecraft
1047.**Noite em claro** – Martha Medeiros

1048.**Poemas clássicos chineses** – Li Bai, Du Fu e Wang Wei
1049.**A terceira moça** – Agatha Christie
1050.**Um destino ignorado** – Agatha Christie
1051(26).**Buda** – Sophie Royer
1052.**Guerra Fria** – Robert J. McMahon
1053.**Simons's Cat: as aventuras de um gato travesso e comilão – vol. 1** – Simon Tofield
1054.**Simons's Cat: as aventuras de um gato travesso e comilão – vol. 2** – Simon Tofield
1055.**Só as mulheres e as baratas sobreviverão** – Claudia Tajes
1057.**Pré-história** – Chris Gosden
1058.**Pintou sujeira!** – Mauricio de Sousa
1059.**Contos de Mamãe Gansa** – Charles Perrault
1060.**A interpretação dos sonhos: vol. 1** – Freud
1061.**A interpretação dos sonhos: vol. 2** – Freud
1062.**Frufru Rataplã Dolores** – Dalton Trevisan
1063.**As melhores histórias da mitologia egípcia** – Carmem Seganfredo e A.S. Franchini
1064.**Infância. Adolescência. Juventude** – Tolstói
1065.**As consolações da filosofia** – Alain de Botton
1066.**Diários de Jack Kerouac – 1947-1954**
1067.**Revolução Francesa – vol. 1** – Max Gallo
1068.**Revolução Francesa – vol. 2** – Max Gallo
1069.**O detetive Parker Pyne** – Agatha Christie
1070.**Memórias do esquecimento** – Flávio Tavares
1071.**Drogas** – Leslie Iversen
1072.**Manual de ecologia (vol.2)** – J. Lutzenberger
1073.**Como andar no labirinto** – Affonso Romano de Sant'Anna
1074.**A orquídea e o serial killer** – Juremir Machado da Silva
1075.**Amor nos tempos de fúria** – Lawrence Ferlinghetti
1076.**A aventura do pudim de Natal** – Agatha Christie
1078.**Amores que matam** – Patricia Faur
1079.**Histórias de pescador** – Mauricio de Sousa
1080.**Pedaços de um caderno manchado de vinho** – Bukowski
1081.**A ferro e fogo: tempo de solidão (vol.1)** – Josué Guimarães
1082.**A ferro e fogo: tempo de guerra (vol.2)** – Josué Guimarães
1084(17).**Desembarcando o Alzheimer** – Dr. Fernando Lucchese e Dra. Ana Hartmann
1085.**A maldição do espelho** – Agatha Christie
1086.**Uma breve história da filosofia** – Nigel Warburton
1088.**Heróis da História** – Will Durant
1089.**Concerto campestre** – L. A. de Assis Brasil
1090.**Morte nas nuvens** – Agatha Christie
1092.**Aventura em Bagdá** – Agatha Christie
1093.**O cavalo amarelo** – Agatha Christie
1094.**O método de interpretação dos sonhos** – Freud
1095.**Sonetos de amor e desamor** – Vários
1096.**120 tirinhas do Dilbert** – Scott Adams
1097.**200 fábulas de Esopo**
1098.**O curioso caso de Benjamin Button** – F. Scott Fitzgerald
1099.**Piadas para sempre: uma antologia para morrer de rir** – Visconde da Casa Verde
1100.**Hamlet (Mangá)** – Shakespeare
1101.**A arte da guerra (Mangá)** – Sun Tzu
1104.**As melhores histórias da Bíblia (vol.1)** – A. S. Franchini e Carmen Seganfredo
1105.**As melhores histórias da Bíblia (vol.2)** – A. S. Franchini e Carmen Seganfredo
1106.**Psicologia das massas e análise do eu** – Freud
1107.**Guerra Civil Espanhola** – Helen Graham
1108.**A autoestrada do sul e outras histórias** – Julio Cortázar
1109.**O mistério dos sete relógios** – Agatha Christie
1110.**Peanuts: Ninguém gosta de mim... (amor)** – Charles Schulz
1111.**Cadê o bolo?** – Mauricio de Sousa
1112.**O filósofo ignorante** – Voltaire
1113.**Totem e tabu** – Freud
1114.**Filosofia pré-socrática** – Catherine Osborne
1115.**Desejo de status** – Alain de Botton
1118.**Passageiro para Frankfurt** – Agatha Christie
1120.**Kill All Enemies** – Melvin Burgess
1121.**A morte da sra. McGinty** – Agatha Christie
1122.**Revolução Russa** – S. A. Smith
1123.**Até você, Capitu?** – Dalton Trevisan
1124.**O grande Gatsby (Mangá)** – F. S. Fitzgerald
1125.**Assim falou Zaratustra (Mangá)** – Nietzsche
1126. **Peanuts: É para isso que servem os amigos (amizade)** – Charles Schulz
1127(27).**Nietzsche** – Dorian Astor
1128.**Bidu: Hora do banho** – Mauricio de Sousa
1129.**O melhor do Macanudo Taurino** – Santiago
1130.**Radicci 30 anos** – Iotti
1131.**Show de sabores** – J.A. Pinheiro Machado
1132.**O prazer das palavras** – vol. 3 – Cláudio Moreno
1133.**Morte na praia** – Agatha Christie
1134.**O fardo** – Agatha Christie
1135.**Manifesto do Partido Comunista (Mangá)** – Marx & Engels
1136.**A metamorfose (Mangá)** – Franz Kafka
1137.**Por que você não se casou... ainda** – Tracy McMillan
1138.**Textos autobiográficos** – Bukowski
1139.**A importância de ser prudente** – Oscar Wilde
1140.**Sobre a vontade na natureza** – Arthur Schopenhauer
1141.**Dilbert (8)** – Scott Adams
1142.**Entre dois amores** – Agatha Christie
1143.**Cipreste triste** – Agatha Christie
1144.**Alguém viu uma assombração?** – Mauricio de Sousa
1145.**Mandela** – Elleke Boehmer
1146.**Retrato do artista quando jovem** – James Joyce
1147.**Zadig ou o destino** – Voltaire
1148.**O contrato social (Mangá)** – J.-J. Rousseau
1149.**Garfield fenomenal** – Jim Davis
1150.**A queda da América** – Allen Ginsberg
1151.**Música na noite & outros ensaios** – Aldous Huxley

1152.**Poesias inéditas & Poemas dramáticos** – Fernando Pessoa
1153.**Peanuts: Felicidade é...** – Charles M. Schulz
1154.**Mate-me por favor** – Legs McNeil e Gillian McCain
1155.**Assassinato no Expresso Oriente** – Agatha Christie
1156.**Um punhado de centeio** – Agatha Christie
1157.**A interpretação dos sonhos (Mangá)** – Freud
1158.**Peanuts: Você não entende o sentido da vida** – Charles M. Schulz
1159.**A dinastia Rothschild** – Herbert R. Lottman
1160.**A Mansão Hollow** – Agatha Christie
1161.**Nas montanhas da loucura** – H.P. Lovecraft
1162(28).**Napoleão Bonaparte** – Pascale Fautrier
1163.**Um corpo na biblioteca** – Agatha Christie
1164.**Inovação** – Mark Dodgson e David Gann
1165.**O que toda mulher deve saber sobre os homens: a afetividade masculina** – Walter Riso
1166.**O amor está no ar** – Mauricio de Sousa
1167.**Testemunha de acusação & outras histórias** – Agatha Christie
1168.**Etiqueta de bolso** – Celia Ribeiro
1169.**Poesia reunida (volume 3)** – Affonso Romano de Sant'Anna
1170.**Emma** – Jane Austen
1171.**Que seja em segredo** – Ana Miranda
1172.**Garfield sem apetite** – Jim Davis
1173.**Garfield: Foi mal...** – Jim Davis
1174.**Os irmãos Karamázov (Mangá)** – Dostoiévski
1175.**O Pequeno Príncipe** – Antoine de Saint-Exupéry
1176.**Peanuts: Ninguém mais tem o espírito aventureiro** – Charles M. Schulz
1177.**Assim falou Zaratustra** – Nietzsche
1178.**Morte no Nilo** – Agatha Christie
1179.**Ê, soneca boa** – Mauricio de Sousa
1180.**Garfield a todo o vapor** – Jim Davis
1181.**Em busca do tempo perdido (Mangá)** – Proust
1182.**Cai o pano: o último caso de Poirot** – Agatha Christie
1183.**Livro para colorir e relaxar** – Livro 1
1184.**Para colorir sem parar**
1185.**Os elefantes não esquecem** – Agatha Christie
1186.**Teoria da relatividade** – Albert Einstein
1187.**Compêndio da psicanálise** – Freud
1188.**Visões de Gerard** – Jack Kerouac
1189.**Fim de verão** – Mohiro Kitoh
1190.**Procurando diversão** – Mauricio de Sousa
1191.**E não sobrou nenhum e outras peças** – Agatha Christie
1192.**Ansiedade** – Daniel Freeman & Jason Freeman
1193.**Garfield: pausa para o almoço** – Jim Davis
1194.**Contos do dia e da noite** – Guy de Maupassant
1195.**O melhor de Hagar 7** – Dik Browne
1196(29).**Lou Andreas-Salomé** – Dorian Astor
1197(30).**Pasolini** – René de Ceccatty
1198.**O caso do Hotel Bertram** – Agatha Christie
1199.**Crônicas de motel** – Sam Shepard
1200.**Pequena filosofia da paz interior** – Catherine Rambert
1201.**Os sertões** – Euclides da Cunha
1202.**Treze à mesa** – Agatha Christie
1203.**Bíblia** – John Riches
1204.**Anjos** – David Albert Jones
1205.**As tirinhas do Guri de Uruguaiana 1** – Jair Kobe
1206.**Entre aspas (vol.1)** – Fernando Eichenberg
1207.**Escrita** – Andrew Robinson
1208.**O spleen de Paris: pequenos poemas em prosa** – Charles Baudelaire
1209.**Satíricon** – Petrônio
1210.**O avarento** – Molière
1211.**Queimando na água, afogando-se na chama** – Bukowski
1212.**Miscelânea septuagenária: contos e poemas** – Bukowski
1213.**Que filosofar é aprender a morrer e outros ensaios** – Montaigne
1214.**Da amizade e outros ensaios** – Montaigne
1215.**O medo à espreita e outras histórias** – H.P. Lovecraft
1216.**A obra de arte na era de sua reprodutibilidade técnica** – Walter Benjamin
1217.**Sobre a liberdade** – John Stuart Mill
1218.**O segredo de Chimneys** – Agatha Christie
1219.**Morte na rua Hickory** – Agatha Christie
1220.**Ulisses (Mangá)** – James Joyce
1221.**Ateísmo** – Julian Baggini
1222.**Os melhores contos de Katherine Mansfield** – Katherine Mansfied
1223(31).**Martin Luther King** – Alain Foix
1224.**Millôr Definitivo: uma antologia de *A Bíblia do Caos*** – Millôr Fernandes
1225.**O Clube das Terças-Feiras e outras histórias** – Agatha Christie
1226.**Por que sou tão sábio** – Nietzsche
1227.**Sobre a mentira** – Platão
1228.**Sobre a leitura *seguido do* Depoimento de Céleste Albaret** – Proust
1229.**O homem do terno marrom** – Agatha Christie
1230(32).**Jimi Hendrix** – Franck Médioni
1231.**Amor e amizade e outras histórias** – Jane Austen
1232.**Lady Susan, Os Watson e Sanditon** – Jane Austen
1233.**Uma breve história da ciência** – William Bynum
1234.**Macunaíma: o herói sem nenhum caráter** – Mário de Andrade
1235.**A máquina do tempo** – H.G. Wells
1236.**O homem invisível** – H.G. Wells
1237.**Os 36 estratagemas: manual secreto da arte da guerra** – Anônimo
1238.**A mina de ouro e outras histórias** – Agatha Christie
1239.**Pic** – Jack Kerouac
1240.**O habitante da escuridão e outros contos** – H.P. Lovecraft
1241.**O chamado de Cthulhu e outros contos** – H.P. Lovecraft

1242.**O melhor de Meu reino por um cavalo!** – Edição de Ivan Pinheiro Machado
1243.**A guerra dos mundos** – H.G. Wells
1244.**O caso da criada perfeita e outras histórias** – Agatha Christie
1245.**Morte por afogamento e outras histórias** – Agatha Christie
1246.**Assassinato no Comitê Central** – Manuel Vázquez Montalbán
1247.**O papai é pop** – Marcos Piangers
1248.**O papai é pop 2** – Marcos Piangers
1249.**A mamãe é rock** – Ana Cardoso
1250.**Paris boêmia** – Dan Franck
1251.**Paris libertária** – Dan Franck
1252.**Paris ocupada** – Dan Franck
1253.**Uma anedota infame** – Dostoiévski
1254.**O último dia de um condenado** – Victor Hugo
1255.**Nem só de caviar vive o homem** – J.M. Simmel
1256.**Amanhã é outro dia** – J.M. Simmel
1257.**Mulherzinhas** – Louisa May Alcott
1258.**Reforma Protestante** – Peter Marshall
1259.**História econômica global** – Robert C. Allen
1260(33).**Che Guevara** – Alain Foix
1261.**Câncer** – Nicholas James
1262.**Akhenaton** – Agatha Christie
1263.**Aforismos para a sabedoria de vida** – Arthur Schopenhauer
1264.**Uma história do mundo** – David Coimbra
1265.**Ame e não sofra** – Walter Riso
1266.**Desapegue-se!** – Walter Riso
1267.**Os Sousa: Uma famíla do barulho** – Mauricio de Sousa
1268.**Nico Demo: O rei da travessura** – Mauricio de Sousa
1269.**Testemunha de acusação e outras peças** – Agatha Christie
1270(34).**Dostoiévski** – Virgil Tanase
1271.**O melhor de Hagar 8** – Dik Browne
1272.**O melhor de Hagar 9** – Dik Browne
1273.**O melhor de Hagar 10** – Dik e Chris Browne
1274.**Considerações sobre o governo representativo** – John Stuart Mill
1275.**O homem Moisés e a religião monoteísta** – Freud
1276.**Inibição, sintoma e medo** – Freud
1277.**Além do princípio de prazer** – Freud
1278.**O direito de dizer não!** – Walter Riso
1279.**A arte de ser flexível** – Walter Riso
1280.**Casados e descasados** – August Strindberg
1281.**Da Terra à Lua** – Júlio Verne
1282.**Minhas galerias e meus pintores** – Kahnweiler
1283.**A arte do romance** – Virginia Woolf
1284.**Teatro completo v. 1: As aves da noite *seguido de* O visitante** – Hilda Hilst
1285.**Teatro completo v. 2: O verdugo *seguido de* A morte do patriarca** – Hilda Hilst
1286.**Teatro completo v. 3: O rato no muro *seguido de* Auto da barca de Camiri** – Hilda Hilst
1287.**Teatro completo v. 4: A empresa *seguido de* O novo sistema** – Hilda Hilst
1289.**Fora de mim** – Martha Medeiros
1290.**Divã** – Martha Medeiros
1291.**Sobre a genealogia da moral: um escrito polêmico** – Nietzsche
1292.**A consciência de Zeno** – Italo Svevo
1293.**Células-tronco** – Jonathan Slack
1294.**O fim do ciúme e outros contos** – Proust
1295.**A jangada** – Júlio Verne
1296.**A ilha do dr. Moreau** – H.G. Wells
1297.**Ninho de fidalgos** – Ivan Turguêniev
1298.**Jane Eyre** – Charlotte Brontë
1299.**Sobre gatos** – Bukowski
1300.**Sobre o amor** – Bukowski
1301.**Escrever para não enlouquecer** – Bukowski
1302.**222 receitas** – J. A. Pinheiro Machado
1303.**Reinações de Narizinho** – Monteiro Lobato
1304.**O Saci** – Monteiro Lobato
1305.**Memórias da Emília** – Monteiro Lobato
1306.**O Picapau Amarelo** – Monteiro Lobato
1307.**A reforma da Natureza** – Monteiro Lobato
1308.**Fábulas *seguido de* Histórias diversas** – Monteiro Lobato
1309.**Aventuras de Hans Staden** – Monteiro Lobato
1310.**Peter Pan** – Monteiro Lobato
1311.**Dom Quixote das crianças** – Monteiro Lobato
1312.**O Minotauro** – Monteiro Lobato
1313.**Um quarto só seu** – Virginia Woolf
1314.**Sonetos** – Shakespeare
1315(35).**Thoreau** – Marie Berthoumieu e Laura El Makki
1316.**Teoria da arte** – Cynthia Freeland
1317.**A arte da prudência** – Baltasar Gracián
1318.**O louco *seguido de* Areia e espuma** – Khalil Gibran
1319.**O profeta *seguido de* O jardim do profeta** – Khalil Gibran
1320.**Jesus, o Filho do Homem** – Khalil Gibran
1321.**A luta** – Norman Mailer
1322.**Sobre o sofrimento do mundo e outros ensaios** – Schopenhauer
1323.**Epidemiologia** – Rodolfo Saracci
1324.**Japão moderno** – Christopher Goto-Jones
1325.**A arte da meditação** – Matthieu Ricard
1326.**O adversário secreto** – Agatha Christie
1327.**Pollyanna** – Eleanor H. Porter
1328.**Espelhos** – Eduardo Galeano
1329.**A Vênus das peles** – Sacher-Masoch
1330.**O 18 de brumário de Luís Bonaparte** – Karl Marx
1331.**Um jogo para os vivos** – Patricia Highsmith
1332.**A tristeza pode esperar** – J.J. Camargo
1333.**Vinte poemas de amor e uma canção desesperada** – Pablo Neruda
1334.**Judaísmo** – Norman Solomon
1335.**Esquizofrenia** – Christopher Frith & Eve Johnstone
1336.**Seis personagens em busca de um autor** – Luigi Pirandello
1337.**A Fazenda dos Animais** – George Orwell

IMPRESSÃO:

PALLOTTI
GRÁFICA

Santa Maria - RS | Fone: (55) 3220.4500
www.graficapallotti.com.br